ÁGUAS-FORTES
CARIOCAS

Roberto Arlt

ÁGUAS-FORTES CARIOCAS
e outros escritos

Tradução e organização
GUSTAVO PACHECO

Copyright da organização © 2013 by Gustavo Pacheco

Direitos desta edição reservados à
EDITORA ROCCO LTDA.
Av. Presidente Wilson, 231 – 8º andar
20030-021 – Rio de Janeiro – RJ
Tel.: (21) 3525-2000 – Fax: (21) 3525-2001
rocco@rocco.com.br
www.rocco.com.br

Printed in Brazil/Impresso no Brasil

coordenação da coleção
JOCA REINERS TERRON

preparação de originais
JULIA WÄHMANN

CIP-Brasil. Catalogação na fonte.
Sindicato Nacional dos Editores de Livros, RJ.

A752a	Arlt, Roberto, 1900-1942. Águas-fortes cariocas e outros escritos/Roberto Arlt; tradução e organização de Gustavo Pacheco. – Rio de Janeiro: Rocco, 2013. (Otra língua) 14 cm x 21 cm ISBN 978-85-325-2866-7 1. Crônica argentina. I. Pacheco, Gustavo, 1972-. II. Título. III. Série.
13-02827	CDD–868.99328 CDU–821.134.2(82)-8

INTRODUÇÃO

Em 1928, o escritor e jornalista Roberto Arlt começou a publicar uma coluna diária no jornal *El Mundo*, de Buenos Aires. A capital argentina tinha então cerca de dois milhões de habitantes, muitos deles imigrantes ou filhos de imigrantes, como o próprio Arlt, que tinha pai prussiano e mãe austríaco-italiana. A cidade que Arlt retratava em suas crônicas era uma metrópole cosmopolita e ruidosa, habitada por operários, pequenos funcionários, prostitutas, rufiões, ladrões, estelionatários e moradores de cortiços. Era uma visão ácida que destoava do triunfalismo adotado pela elite da Argentina, que segurava as rédeas de um dos países mais ricos do mundo e considerava Buenos Aires "a Paris da América do Sul". Nessa época, na Paris verdadeira, quando alguém tinha muito dinheiro dizia-se que era *riche comme un argentin*. Nada podia ser mais distante da realidade de Arlt e da imensa maioria de seus leitores.

A coluna de Arlt recebeu vários nomes ao longo dos anos, mas ficou mais conhecida pelo título de *aguafuertes porteñas*, em referência à água-forte, tipo de gravura feita por meio da ação corrosiva do ácido nítrico sobre uma placa de metal. Sem papas na língua, Arlt comentava situações e personagens típicos do dia a dia de Buenos Aires, sempre em primeira pessoa, ou contava histórias curtas, reais ou inventadas, muitas delas inspiradas em cartas que recebia dos leitores. Os textos eram encharcados de palavras e expressões correntes entre os imigrantes e o povão, com destaque para o *lunfardo*, a gíria das classes baixas, muito usado nas letras de tango. Ferinas, engraçadas e originais, as águas-fortes logo se tornaram a seção mais popular do jornal, e foi nesta prática diária que Arlt depurou seu estilo literário, experimentando elementos que mais tarde usaria em seus contos, romances e peças de teatro.

༜

Roberto Arlt foi um penetra na festa da literatura argentina. Em uma época em que "escrever bem" representava um código de classe, uma marca de pertencimento a uma elite social e cultural, Arlt foi a voz dissonante e transgressora que colocou em discussão a própria noção do que significa "escrever bem".

Filho de imigrantes de origem humilde, Arlt largou a escola aos 14 anos e começou a trabalhar ainda adolescente, exercendo os mais variados ofícios até realizar o sonho de se tornar escritor. Ao contrário da maioria dos escritores consagrados na Argentina da época, em sua juventude não teve acesso a educação em bons colégios, aprendizado regular de inglês e francês ou viagens à Europa. Sua formação foi obtida a duras penas, de forma fragmentária, com a leitura compulsiva de romances de folhetim, traduções espanholas ruins e manuais técnicos. Sua linguagem reflete essas marcas, assim como a influência das várias línguas, dialetos e gírias falados em Buenos Aires nas primeiras décadas do século XX. A mistura entre a linguagem erudita e a coloquial, os termos e expressões usados pelos imigrantes e pelo povão, os erros de ortografia e gramática, as "falhas" de estilo como a repetição de palavras, tudo isso fez com que Arlt fosse considerado um escritor que "escreve mal", ou, no melhor dos casos, um bom escritor apesar de suas "falhas". Como notou Ricardo Piglia, essa visão julga a qualidade de um texto a partir de sua fidelidade aos cânones do espanhol castiço e da correção gramatical, sem dar valor à força expressiva do que foi escrito, nem ao enriquecimento da linguagem que brota das gírias, dialetos e variantes. Diz um personagem do romance *Respiração artificial*, do mesmo Piglia: "Qualquer professora primária pode corrigir uma página de Arlt, mas ninguém conseguiria escrevê-la." Por outro lado, ainda segundo Piglia, Arlt constrói seu estilo a partir do mesmo material utilizado como tema de seus textos; nesse sentido, forma e conteúdo podem ser considerados dois lados da mesma moeda.

 O próprio Arlt respondeu diversas vezes a seus detratores, como por exemplo no prólogo de seu romance *Os lança-chamas*:

Dizem que escrevo mal. É possível. De qualquer maneira, não teria dificuldade em citar muita gente que escreve bem e que só é lida por educados membros de sua família. Para fazer estilo são necessárias comodidades, rendas, vida folgada. Mas, em geral, as pessoas que desfrutam desses benefícios sempre evitam o incômodo da literatura. Ou a encaram como um excelente procedimento para se destacar nos salões da sociedade. (...) Esses tempos passaram. O futuro é nosso, por prepotência de trabalho. Criaremos nossa literatura, não conversando continuamente sobre literatura, mas sim escrevendo em orgulhosa solidão livros que contenham a violência de um *cross* na mandíbula. (...) O porvir é triunfalmente nosso.

A posteridade deu razão a Arlt: 70 anos depois de sua morte, é hoje unanimemente reconhecido como um dos maiores nomes da literatura argentina, enquanto seus contemporâneos, com raras exceções, são esquecidos por público e crítica.

☙

No começo de 1930, Arlt havia acabado de publicar *Os sete loucos,* para muitos o seu melhor romance, e já era um escritor conhecido. Foi então que o diretor do jornal, Carlos Muzio Sáenz Peña, ofereceu a Arlt a oportunidade de viajar pela América do Sul escrevendo notas de viagem.

Em abril daquele ano, após uma breve passagem pelo Uruguai, o escritor chegou ao Rio de Janeiro. Era a primeira vez que saía de seu país. Permaneceria quase dois meses na cidade e nela produziria cerca de 40 crônicas.

Nos anos seguintes, Arlt alternaria longos períodos em Buenos Aires com viagens à Espanha, ao Norte da África, ao Chile e ao interior da Argentina, sempre escrevendo crônicas para *El Mundo*, até morrer de um ataque cardíaco em 1942, com apenas 42 anos de idade. Com o passar do tempo e o reconhecimento crescente do valor literário de sua obra, foram publicadas diversas compilações das águas-fortes: portenhas, galegas, asturianas, madrilenhas, uruguaias, patagônicas... As crônicas que escreveu no Brasil, porém, nunca foram republicadas e permaneciam inéditas, com exceção de "Para quê?", "Pobre brasilerinha!" e "Me esperem, que chegarei em aeroplano", já incluídas em compilações.

É surpreendente, para dizer o mínimo, que essas crônicas não tenham sido publicadas em livro até agora e continuem praticamente desconhecidas. Tanto do ponto de vista literário como do ponto de vista histórico ou sociológico, os textos escritos por Arlt no Rio de Janeiro estão à altura do melhor de sua produção jornalística. Além disso, por serem as primeiras crônicas que escreveu fora do país, as águas-fortes cariocas funcionaram também como laboratório para as outras notas de viagem que escreveu ao longo de sua carreira.

Nas águas-fortes cariocas encontramos um retrato muito pessoal e franco não só do Brasil de 1930, mas também da Argentina da mesma época. É notável a mudança gradual nas impressões de Arlt ao longo de seus dois meses de permanência no Brasil. As primeiras notas, que enaltecem o Rio e seus habitantes, dão lugar a textos cada vez mais críticos e cáusticos, em que Buenos Aires e a sociedade argentina aparecem como o contraponto moderno e civilizado ao atraso em que se encontravam o Brasil e sua capital de então. Encontramos assim um Arlt muito diferente do narrador cínico e pessimista do cotidiano portenho; um Arlt, como ele próprio diz, "argentinófilo", orgulhoso de sua cidade natal, e que se dá conta que "é preciso ter vivido em Buenos Aires e depois sair dela para saber o que vale nossa cidade".

Arlt escreve o que quer e da maneira que quer, incluindo opiniões abertamente preconceituosas, racistas e sexistas. Não será surpresa se o leitor se sentir incomodado com alguma das muitas tiradas politicamente incorretas do autor. No entanto, a franqueza e crueza de Arlt também são responsáveis por alguns dos trechos mais memoráveis deste livro, como a análise comparativa dos operários argentinos e brasileiros ou as observações sobre as marcas visíveis da escravidão na sociedade brasileira, apenas 42 anos depois da Abolição.

A estadia de Arlt no Brasil, planejada para durar vários meses, foi interrompida pela notícia de que *Os sete loucos* havia recebido o terceiro lugar no concurso da

Sociedade Argentina de Escritores. Suas últimas crônicas descrevem a viagem de volta à Argentina, na recém-inaugurada linha aérea entre o Rio de Janeiro e Buenos Aires: 17 horas de voo em um hidroavião, com numerosas escalas. Poucos meses depois, golpes militares acabariam com a República Velha no Brasil e com a presidência de Hipólito Yrigoyen na Argentina, e a história nunca mais seria a mesma para os dois países.

Sobre a edição e a tradução

O livro que você tem em mãos é a tradução da primeira edição argentina das águas-fortes cariocas, publicada pela editora Adriana Hidalgo em abril de 2012, com 40 crônicas que compilei e transcrevi da coleção do jornal *El Mundo* disponível na hemeroteca da Biblioteca Nacional da Argentina. São apresentados em ordem cronológica 39 textos que Roberto Arlt escreveu no Rio de Janeiro, publicados entre 2 de abril e 29 de maio de 1930. Além disso, foi incluída a crônica "Com o pé no estribo", de 8 de março de 1930, quando o escritor anuncia aos leitores que vai viajar.

É evidente que o estilo muito particular de Roberto Arlt apresenta desafios para o tradutor. O texto é repleto não só de gírias e expressões de 80 anos atrás, mas também de maneiras peculiares de usar a língua espanhola, como o *vesre* (*reves* ao contrário), procedimento em que se inverte uma ou várias sílabas de uma palavra (por exemplo, "feca" por "café"), ou a atribuição de diversos sentidos a um mesmo termo, segundo o contexto, e ai daquele que tentar encontrar todos esses sentidos em um dicionário. Além disso, muitas frases soam estranhas no original – compridas, enroladas, com sintaxe incomum. Se Arlt é um escritor que trata a língua com total liberdade, sem nenhuma cerimônia, me pareceu descabido não tratar a tradução do mesmo modo. A "fidelidade" palavra por palavra foi muitas vezes sacrificada em prol de soluções que me pareceram mais adequadas do ponto de vista da eficácia da linguagem. Na tradução dos inúmeros termos e expressões coloquiais, busquei um caminho intermediário, evitando equivalentes em língua portuguesa que pudessem soar muito arcaicos ou muito contemporâneos. Busquei também manter o espírito de proximidade da língua falada, o que me levou, por exemplo, a ignorar a regra de nunca começar uma frase pelo pronome oblíquo e a substituir a preposição "para" por "pra" nos momentos em que o tom do texto pede isso.

Maria Paula Gurgel Ribeiro, a principal tradutora de Arlt para o português, foi uma referência fundamental, especialmente sua dissertação de mestrado sobre as águas-fortes, que contém um glossário lunfardo-português e uma detalhada discussão sobre as opções de tradução. Seu trabalho tem a marca do linguajar paulistano, escolha que se justifica pelas semelhanças entre São Paulo e Buenos Aires quanto à imigração italiana e pelo impacto da mesma sobre o português falado no Brasil. Optei por uma linguagem mais neutra, buscando inspiração em escritores que, embora não sejam contemporâneos de Arlt, apresentam muitas afinidades de tema e estilo, em particular Nelson Rodrigues e Sergio Porto. As águas-fortes contêm diversas alusões a personagens e eventos, muitos deles obscuros para os leitores brasileiros e, de modo geral, para os leitores contemporâneos. A compreensão dessas alusões, apesar de não ser imprescindível para a apreciação do livro, pode interessar aos leitores mais curiosos, razão pela qual foram incluídas notas ao final do texto.

Além disso, esta edição inclui um apêndice, com três textos autobiográficos de Roberto Arlt; uma entrevista com o autor, possivelmente a única existente; e mais três águas-fortes. Na água-forte "Argentinos na Europa", Arlt critica as crônicas de viagem escritas por seus compatriotas, o que oferece um contraponto interessante às crônicas que ele mesmo escreveu quando viajou ao exterior pela primeira vez. Nas águas-fortes "A crônica nº 231" e "O idioma dos argentinos", Arlt reflete sobre seu trabalho e as características de sua prosa, e rebate as críticas sobre o uso do lunfardo. Espero que esses textos complementares possam enriquecer a leitura das "águas-fortes cariocas" e aproximar o leitor brasileiro deste que é um dos maiores escritores argentinos do século XX.

Agradecimentos

Alice Lanari, Cristian di Napoli, Daniel Bueno, Eugenia Ribas Vieira, Fabián Lebenglik, Hugo Mader, Joca Reiners Terron, José Fargas, Julia Wähmann, Marcelo Barbón, Martín Soto, Roberto Lanari e todos os funcionários da hemeroteca da Biblioteca Nacional da Argentina.

GUSTAVO PACHECO

ÁGUAS-FORTES
CARIOCAS

Com o pé no estribo

8/3/1930

Vou dar no pé, queridos leitores. Vou embora do jornal... ou melhor, de Buenos Aires. Vou embora pro Uruguai, pro Brasil, pras Guianas, pra Colômbia, vou dar no pé... Continuarei enviando crônicas. Não chorem, por favor, não! Não se emocionem. Continuarei metendo o malho nos meus próximos e batendo papo com vocês.

Irei ao Uruguai, a Paris da América do Sul, irei ao Rio de Janeiro, onde há cada "menina" que dá calor; irei até as Guianas, visitar os presidiários franceses, a fina flor e a nata do patíbulo de ultramar. Escrevo e meu *cuore* bate aceleradamente. Não encontro os termos adequados. Vou dar no pé, indefectivelmente.

Que emoção!

Faz um montão de dias que ando meio zonzo. Não dou uma dentro. A única coisa que aparece diante dos meus olhos é a passarela de um *piccolo navio*. Eu, a bordo! Caio e me levanto. Eu, a bordo! Me dei bem! Se me lembro dos meus tempos de pindaíba, das vagabundagens, dos dias em que dormi nas delegacias, ou melhor, das noites, das viagens em segunda classe, do horário de oito horas quando trabalhava de empregado em uma livraria; do horário de 12 ou 14 horas, também, em outra biboca. Me lembro quando era aprendiz de funileiro, quando vendia papel e artigos de armazém; me lembro quando era cobrador (os cobradores me enviaram uma vez um cartão de parabéns coletivo). Qual trabalho maldito já não fiz? Me lembro quando tinha um forno de tijolos; quando era subagente da Ford. Qual trabalho maldito já não fiz? E agora, aos 29 anos, depois de 600 dias escrevendo crônicas, meu grande diretor me diz:

– Vá bater pernas um pouco. Vá se divertir, escreva algumas crônicas de viagem.

Bom. O caso é que trabalhei. Sem enganação. Dei duro diariamente, sem um domingo de descanso. Está certo que meu trabalho dura exatamente 30 minutos, e que depois dou no pé e vou tratar de outras coisas. Mas isso não impede que tenha que ralar pra dar conta do recado.

Conhecer e escrever sobre a vida e as pessoas esquisitas das repúblicas do norte da América do Sul! Digam, francamente, é ou não é uma moleza, e uma sorte desgraçada?

Dois ternos, nada mais

Vocês me perguntarão quais são os meus planos. Não tenho plano nenhum, não levo guia nenhum. A única coisa que levo na minha mala são dois ternos. Um terno para lidar com pessoas decentes e outro caindo aos pedaços, com um par de alpargatas e um chapéu desmilinguido.
    Quero me misturar e conviver com as pessoas dos *bas-fonds* que infestam as cidades do ultramar. Conhecer os cantos mais sombrios e mais desesperados das cidades que dormem sob o sol do trópico. Quero contar a vocês como é a vida nas praias cariocas; as garotas que falam um espanhol estupendo e um português musical. Dos negros que têm seus bairros especiais, dos argentinos fantásticos que andam fugidos pelo Brasil; dos revolucionários disfarçados. Que montão de temas para crônicas nessa viagem maravilhosa que me faz escrever na Underwood de tal maneira que até a mesa treme sob a trepidação das teclas!
    Viajar... viajar!...
    Qual de nós, rapazes portenhos, não tem esse sonho? Viajar! Conhecer novos céus, cidades surpreendentes, pessoas que nos perguntem, com secreta admiração:
    – Você é argentino? Argentino de Buenos Aires?
    Vocês sabem perfeitamente como sou. Não tenho o rabo preso com ninguém. Digo a verdade. Bom: vou visitar esses países, sem preconceitos patrióticos, sem ne-

cessidade de falar bem para captar a simpatia das pessoas. Serei um desconhecido, que em certas horas anda bem-vestido e em outras parece um vagabundo, misturado aos carregadores dos portos. Buscarei me embrenhar na selva brasileira. Conhecerei essa maravilhosa floresta tropical que é toda luz, vida e cor. Mandarei minhas crônicas por correio aéreo. Digo que meu coração bate mais rápido do que nunca. Longe, longe, longe!...

E esta cidade

Por onde for levarei a visão desta cidade. Onde estiver, saberei, como sei agora, que milhares e milhares de amigos invisíveis acompanham meu trabalho com um sorriso cordial. Que no trem, no bonde ou no escritório, entreabrirão o jornal pensando:

– Que notícias novas mandará esse vagabundo?

Porque me honra e me enche de orgulho pertencer à grande confraria dos vagabundos, dos sonhadores que trotam pelo mundo e que proporcionam aos seus semelhantes, sem trabalho algum, os meios pra irem de um canto a outro, só com a passagem de 5 ou 10 centavos e o tíquete de um artigo, às vezes bem e às vezes mal escrito...

Eita! Vitória! Abandono a escravidão! Vocês vão ver que crônicas enviarei... (estou perdendo a linha... se continuar assim, vou acabar escrevendo alguma asneira). Não levo guias nem mapas com cotas de nível, nem livros informativos, nem geografias, nem estatísticas, nem listas de personagens famosos. Só levo, como introdutor magnífico para o viver, dois ternos, um para lidar com pessoas decentes, outro esfarrapado e sujo, o melhor passaporte para poder me introduzir no mundo subterrâneo das cidades que têm bairros exóticos. Felicidade, grandes amigos.

Já estamos no Rio de Janeiro
2/4/1930

– Veja a terra brasileira – me disse o médico que havia sido meu companheiro a bordo. E olhei. E só o que vi foi, ao longe, umas sombras azuladas, altas, que pareciam nuvens. E, mareado, voltei para dentro do meu camarote.

Duas horas depois

No meio de um mar escuro e violáceo, cones de pedra de base rosa-lava, pelados como clareiras em certas partes, cobertos de veludo verde em outras, e uma palmeira na ponta. Bandos de pombas-do-mar revoavam em volta. Um semicírculo de montanhas, que parecem espectrais, leves como alumínio azul, coroadas delicadamente por um bordado verde. A água ondula oleosidades de cor verde-salgueiro; em outras, junto aos penhascos rosas, há reflexos de vinho aguado. Algumas nuvens, como véus de cor laranja, envolvem uma serra corcunda: o Corcovado. E, mais longe, cúpulas de porcelana azul-celeste, dados vermelhos, cubos brancos: o Rio de Janeiro!

Uma rua fria e comprida ao pé da montanha: o passeio da Beira-Mar. Toda a paisagem é leve e remota (embora próxima), como a substância de um sonho. Só a água do oceano, que tem uma realidade maciça, lambe o ferro do navio e gruda em franjas nos flancos, insistente, e no anfiteatro de montanhas, sobre as quais se levantam lisas muralhas destroçadas de morros mais distantes, fica acinzentada sobre casinhas cúbicas que são o vértice dos cones. Dados brancos, escarlates, depois o barco vira e aparece um forte, igual a uma enorme ostra de ardósia que flutua na água. Seus canhões apontam para a cidade; mais adiante, navios de guerra pintados de azul-pedra; bandeiras verdes, diques, água mansa cor de terra; uma lancha carregada de pirâmides de bananas, um negro com um barrete branco que rema apoiando os pés no fundo da chalupa, minaretes de porcelana, torres lisas, campanários, aquedutos, bondes verde-cipreste que deslizam por cima de um morro. Uma rua, sobre os telhados de um bairro; ao fundo, uma escarpa de granito vermelho. Casas de pedra suspensas na ladeira de uma montanha; chalés com telhados de duas águas, uma profundidade asfaltada, negra como betume, geométrica, igual à nossa Avenida de Mayo. E, por cima, morros verdes, cumes dourados de sol, cabos de telégrafo, arcos voltaicos, depois tudo se quebra. Um terreno baldio, dois galpões, uma série de arcos de alvenaria que suportam em suas curvas os pilares de um segundo andar de arcos. Através dos arcos se distinguem

ruelas empinadas, escadas de pedra em zigue-zague. Subitamente a decoração muda e é a fachada esponjosa de um morro, dois teleféricos, um pássaro de aço que desliza de cima para baixo em um ângulo de 60 graus, e a curva perfeita de uma bandeja d'água...
Parece que se pode esticar o braço e tocar com a ponta dos dedos a montanha perpendicular à cidade escalonada nos diversos morros.
Porque a cidade desce e sobe – aqui embaixo, uma rua, depois, 100 metros acima, outra; um beco, uma depressão, clareiras e outeiros cor de grama, com cáries avermelhadas e olhando para um abismo que não existe.
Janelinhas retangulares de madeira; um bosque de tamarindos, de árvores com penachos, de palmeiras, e ao lado escadarias de paralelepípedos, caminhos abertos em terra cor de chocolate, e a avenida Rio Branco absolutamente reta, a Avenida de Mayo do Rio, tão perfeita como a nossa, com seus edifícios pintados de cor-de-rosa, de cor de cacau, de cor de tijolo, toldos verdes, passagens sombrias, árvores nas calçadas, ruas empapadas de sol dourado, toldos escarlates, brancos, azuis, ocres, ruas empinadas, ascendentes, mulheres...
Negros; negros de camiseta vermelha e calça branca. Uma camiseta vermelha que avança movida por um corpo invisível; uma calça branca movida por pernas invisíveis. A gente olha, e de repente uma dentadura de melancia em um pedaço de carvão achatado, com lábios vermelhos...

Mulheres, corpos túrgidos envoltos em tules; tules de cor lilás cobrindo mulheres cor de cobre, cor de bronze, cor de nácar, cor de ouro... Porque aqui as mulheres são de todas as cores e matizes do prisma. Há mulheres que tendem ao tabaco claro, outras ao rímel, e todas envoltas em tules, tules cor de cravo e rosa. Tules, tules...
    Dei uma pálida ideia do que é o Rio de Janeiro... o Diamante do Atlântico.

Costumes cariocas

3/4/1930

Para definir de uma vez por todas o Rio de Janeiro, eu diria: uma cidade de gente decente. Uma cidade de gente bem-nascida. Pobres e ricos.

Exemplo

Acordei cedo e saí pra rua. Todas as lojas estavam fechadas. E, de repente, parei surpreso. Em quase todas as portas, viam-se uma garrafa de leite e um embrulho de pão. Passavam negros descalços a caminho do trabalho; passava gente humilde... e eu olhava, perplexo: em cada porta uma garrafa de leite, um embrulho de pão...

E ninguém surrupiava a garrafa de leite nem o embrulho de pão.

Estimado leitor do metrô, do ônibus, da hora da sobremesa; imagino você erguendo os olhos e pensando: "Que lorota é essa que o Arlt está contando?"

Precisei ver pra crer. E outras coisas precisei ver pra crer.

Outro exemplo

Nos bondes, não se vendem passagens. Quando você sobe, o cobrador, ou você mesmo, puxa uma cordinha. A subida do passageiro é registrada por um número, numa espécie de relógio automático. Por exemplo, o relógio estava no número 1.000. Você puxa a cordinha e aparece no mostrador o número 1.001.

Peguei bonde várias vezes. Não puxei a cordinha, pensando: "O cobrador vai ficar com o dinheiro da viagem." Enganei-me redondamente. O cobrador puxou a cordinha por mim; o bonde estava cheio de gente e com um movimento extraordinário.

O cobrador não vem cobrar a passagem. É você quem o chama. Já vejo o leitor erguendo os olhos novamente e pensando: "Que lorota é essa que o Arlt está contando?"

Estamos numa cidade da América do Sul, querido amigo; a 1.600 quilômetros de Buenos Aires. Apenas isso.

Outro exemplo

Onze da noite. Mulheres sozinhas pela rua. Saem do cinema. Moças sozinhas. Pegam o bonde.

Bairros distantes. Mulheres sozinhas. Voltam de algum lugar. Ninguém lhes dirige a palavra. Caminham à meia-noite nesta cidade de sonho, com mais segurança que em Buenos Aires à luz do dia.

Mal posso acreditar. Penso em Buenos Aires. Penso em toda a nossa grosseria. Na nossa enorme falta de respeito com as mulheres e crianças. Penso na nossa descortesia e me custa crer. Não tenho palavras, logo eu que escrevo com tanta facilidade. Deixarei a descrição da paisagem para amanhã ou depois. Ela foi relegada a último plano na minha atenção. E, já posso imaginar, também na atenção dos leitores. Sejam sinceros. Não são justas as palavras que usei para definir o Rio de Janeiro: uma cidade de gente decente e bem-nascida?

Outro exemplo

Entro num cinematógrafo fora de hora, já iniciada a sessão. Uma moça vestida de luto, jovenzinha, se aproxima e me conduz até a poltrona.

É uma "libélula", ou seja, lanterninha.

Na saída do cinema, pergunto ao meu amigo:

– E não acontece nada com essas moças no escuro...?

– Não... Quando aconteceu, foi porque algum portenho lhes faltou com o respeito. – (Me desculpem; ando viajando para dizer verdades aos meus leitores, não para acariciar seus ouvidos.)

Já posso ver o leitor deixando o jornal de lado e imaginando sabe lá quais quimeras. Comigo aconteceu a mesma coisa, amigo, ao escrever esta crônica. Por um instante, fiquei parado diante da máquina, me perguntando: "Que posso dizer dessas espantosas realidades?"

Estão entendendo...? Isto, a 1.600 quilômetros de Buenos Aires. Na América do Sul.

Cidade de respeito

Escrevo dominado por uma estranha sensação: não saber se estou completamente acordado. Circulo pelas ruas e não encontro mendigos; ando por bairros aparentemente suspeitos e para onde quer que olhe, só encontro isto: respeito ao próximo. Sento num café. Um desconhecido se aproxima, me pede uma cadeira desocupada e, em seguida, me cumprimenta tirando o chapéu. Entro noutro café. Uma moça bebe seu refresco de chocolate sozinha e ninguém liga a mínima. Sou o único que a olha com insistência; ou seja, sou o único mal-educado ali.

De tudo um pouco

4/4/1930

Neste país é moleza viver com dinheiro argentino. Os preços das mercadorias surpreendem. Por exemplo: o leitor com um peso, moeda nacional, não faz absolutamente nada em Buenos Aires. Está na pindaíba, é ou não é? Um peso dá pra quê? Pra tomar o bonde, não é? E 3 centavos, pra que servem... pra nada. O leitor me perguntará como é que desci de um mango pra 3 modestíssimos centavos, que só existem em teoria, porque o cobre não corre e 3 centavos você só recebe se for em selos.

Desci de um peso a 3 centavos, porque 3 centavos neste bendito país têm por nome "um tostão" e com um tostão o leitor dá uma boa volta de bonde por aí. Repare bem. Com três cobres.

E o "feca"... o café preto... 6 centavos... e sem gorjeta, porque nem o próprio presidente dos Estados Unidos do Brasil dá gorjeta quando toma café. De que vivem os garçons? Ignoro. Só o que posso assegurar é que não existe aqui nem sombra de partido socialista e os comunistas formam um partido de pouquíssimas pessoas, meticulosamente perseguidas pela polícia.

Preços

Bonde, segundo as distâncias, 3, 6, 9 e 12 centavos. Com 12 centavos se percorrem 10 quilômetros.

Engraxar as botinas, 8 centavos.

Caldo de cana, um suco precioso e digestivo, copo grande, 9 centavos.

Café com leite, pão e manteiga, 18 centavos.

Caixa de fósforos, 3 centavos.

Sanduíches de presunto, 6 centavos.

Chope de cerveja, não adulterado com água nem álcool, 18 centavos.

Cigarros (e que tabaco!), 18 centavos, um maço de 20 cigarros, e não são de folha de batata ou repolho como os que nós fumamos.

Uma refeição de três pratos e sobremesa, que em Buenos Aires pagamos 2 pesos, custa 50 centavos. E vão famílias a estes restaurantes.

Sorvetes e refrescos

O idioma português – é preciso ouvir uma "menina" conversando – é a coisa mais deliciosa que se pode imaginar. É uma palestra feita para boca de mulher, nada mais.

Pois com os sorvetes e refrescos ocorre o mesmo.

Preço geral, 18 a 35 centavos... e por 18 a 35 centavos te servem um refresco que é tão delicioso como uma boca de "menina" falando português.

O sibaritismo brasileiro, a voluptuosidade portuguesa e negra, inventou sorvetes que são um poema de perfume, cor e sabor:

Por exemplo, soda de chocolate. A soda de chocolate é servida em um copo que contém cerca de meio litro de espuma de chocolate semigelada, ligeiramente ácida. Quase meio litro de creme de chocolate batido com soda, 35 centavos. Mandamos pra dentro um sorvete destes e, à medida que saboreamos a espuma cor de cacau, perfumada de jasmim, sentimos que o trópico se derrete em nosso sangue.

E o sorvete de coco. É servido em uma taça daquelas de beber champanhe (35 centavos) uma esfera branca como... (me saiu uma metáfora atrevida... imagine o leitor...) e que tem um perfume ligeiramente azedo. É leite de coco congelado. Sorvete pro paladar de uma "menina". Nas primeiras colheradas não se percebe nenhum sabor; em seguida, como se suas entranhas estivessem saturadas de limão, você sente vir lá de dentro até a boca um sabor de laranja, de limão, enfim, chega a olhar em volta surpreso e pensa: será que me deram um veneno delicioso?

E o creme de abacate? Antes de tomá-lo é preciso fazer o sinal da cruz. Deve ter sido o demônio quem o inventou, para produzir sonhos voluptuosos. É servido em um copo, como o vinho no cálice dentro dos templos. É verde, semelhante a purê de ervilhas. Um tênue perfume de glândulas humanas se desprende dele.

A primeira sensação ao prová-lo causa repugnância, depois você pensa que só Satanás poderia ter inventado essa beberagem e colherada após colherada vai se submergindo neste calafrio.

É como óleo gelado e aromático que chega a nossas vísceras mais profundas. Aquela sensação de repugnância do começo se converteu agora em uma carícia obscura, que nos deixa ligeiramente mareados, como se estivéssemos no convés de um navio ou, dito de outro modo, quando um elevador que está descendo rapidamente para de repente. Eu disse que deve ter sido o diabo quem inventou esta beberagem, porque ela produz sonhos pecaminosos e que duram uma noite inteira.

E a polpa de manga, gelada... que tem gosto de carne embebida de terebintina... e cheiro de iodofórmio... rosada e verde, com forma de coração, a primeira vez que provamos causa náuseas, umas náuseas tão sedutoras que queremos experimentá-las de novo.

E assim são todas estas frutas, refrescos, sobremesas, sorvetes. Apesar do frio que empapa sua substância, são tremendamente cálidos, devem ter sido criados por um demônio... o demônio das sensualidades botânicas. Senão, não há explicação.

Na caverna de um compatriota

5/4/1930

Hoje não tenho absolutamente nenhuma vontade de falar da paisagem. Estou triste longe desta Buenos Aires, de que me lembro a toda hora. Escrevo da redação de *O Jornal,* no Rio de Janeiro. Amanhã, depois de amanhã ou qualquer outro dia, me ocuparei do maravilhoso bazar que é o Rio de Janeiro. Sim, um bazar oriental de mil cores. Mas isso não me consola. A cidade de cada um é única, nada mais. O coração não pode se partir em dois. E o meu está entregue a Buenos Aires. Bom. Estou furiosamente triste e tenho que fazer humorismo. E depois há quem tenha inveja desta profissão. E a popularidade! Escrevo da redação de *O Jornal.* Nós, os jornalistas, somos como os monges. Onde quer que andemos encontramos a casa, isto é, o papel e tinta e os camaradas que trabalham como nós, renegando o ofício que tanto amamos.

Um amigo

Ao desembarcar no Rio um amigo portenho me esperava. Um velho astuto, sutil e cheio de manhas como Ulisses, o ligeiro de pés e mãos. Nós, os jornalistas, parecemos certas mulheres: temos que sorrir pro público mesmo que o coração esteja chorando. Continue, que o assunto não interessa ao cliente! Este velho – não é tão velho – me faz lembrar uma frase de Quevedo: "De onde ele saía, metade das pessoas ficava chorando, e a outra metade rindo-se dos que choravam." Acho que meu amigo até poderia dar lições ao velho Vizcacha. Bom; quando me viu, me disse:

– Suponho que virá lá pra casa, né?

– Claro...

Entramos em um carro e fomos até a casa. Vamos chamar aquilo de casa. É uma casa, no sentido arquitetônico e edilício também. Mas... mas a referida casa não tem móveis. Colchões no chão, pacotes de livros sem desembrulhar, lençóis sujos extraviados nos cantos. Na cozinha, a máquina de fazer café daria inveja a esse desenhista inglês que inventava maquinarias monstruosas para matar pulgas. Nas paredes algumas estampas; e depois listas, listas intermináveis de números. São os milhares de réis que meu amigo deve a seu fornecedor. Porque me disse, com postura digna: "Você vai ver que aqui tenho fornecedor e crédito."

Quando me disse isso eu quis morrer. Crédito, ele? Mas será possível que na superfície do planeta existam tamanhos ingênuos?
Ele reparou no meu espanto e insistiu:
— Sim; tenho fornecedor...
Sou fatalista. Me inclino diante das evidências. Quando um homem chama o dono do armazém da esquina de "seu fornecedor", não resta dúvida de que o desgraçado um dia baterá a cabeça contra a parede, de desespero.
— Você é um gênio! — disse a ele, e não parava de expressar minha admiração por seu talento de financista quando apareceu na minha frente, em um pijama listrado, um senhor de óculos, grisalho e, para ser mais preciso, português. Foi apresentado com estas frases:
— Um grande jornalista lisboeta em desgraça...
— Muito prazer em conhecê-lo.
— Muito obrigado — respondi, só para dizer alguma coisa...
— Eu o protejo — continuou meu amigo. — O fornecedor tem uma confiança ilimitada em mim.
O senhor de pijama e pernas peludas se inclinou novamente para mim e me disse:
— O senhor está em sua casa. Esteja a gosto.
— Estou a gosto em qualquer lugar, companheiro... Mas, falando de tudo um pouco: não há pulgas aqui?
— Não.
— Nem peste bubônica, nem febre amarela...?
— O senhor está brincando...

– Bom, então eu fico.

E olhando meu velho amigo, disse a ele:

– Você é responsável por qualquer desgraça pessoal que acontecer comigo. E você é responsável porque eu, pessoa decente, não faço nada além de ter contato com malandros fabulosos, e você é o mais estupendo malandrim que já pisou as terras do Brasil... Quer dizer que você tem fornecedor? E protege um gênio, o jornalista lisboeta? Quem diria! Enfim, é preciso viver para ver e crer. E você chama esta ratoeira de casa? Bom; a partir de amanhã coloque um anúncio no jornal: "Precisa-se de moça jovem para atender a três homens solteiros. Pede-se apresentar certificado de boa conduta e honestidade."

E esta é a casa do meu amigo; sim, senhores. Três quartos bagunçados, um jornalista em trajes menores, e eu que rio para não chorar. Não ficarei um minuto nesta caverna. Quando cheguei à meia-noite, topei com o homem de pijama listrado barbeando-se à luz de um candeeiro. Me faz perguntas num português tão impenetrável que não entendo nem a metade, e a tudo respondo "muito obrigado". O sujeito me olha com desespero. Meu amigo me chama no canto e diz:

– Tenho um projeto de um sindicato jornalístico formidável. Trabalharíamos com alguns milhões de contos de réis...

E me pergunto: "Mas, em síntese. O que é a vida? Novela, drama, *sainete,* palhaçada, o quê?" E não sei o que responder a mim mesmo. Compreendo que o mistério nos rodeia, que o mistério é tão profundo quanto a ingenuidade do fornecedor do meu amigo.

P. S.: Ah! Já ia me esquecendo. Recebi um monte de cartas que me foram enviadas para a redação de *El Mundo*, e de lá me mandaram ao Rio. Se tiver tempo respondo algumas. Até a próxima.

Falemos de cultura

6/4/1930

Respeito com o homem... com a humanidade que o homem leva dentro de si. É o que encontro no Rio. Aqui, onde a natureza criou seres voluptuosos, mulheres de olhos que são noites turvas e perfis com quentura de febre, só encontro respeito; um doce e profundo respeito, que faz com que de repente você pare e diga a si mesmo:

– A vida, assim, é muito linda.

Não quero buscar as raízes históricas desse fenômeno. Não dou a mínima pra história. Que os outros façam história. Eu não tenho nada a ver com a literatura nem com o jornalismo. Sou um homem de carne e osso que viaja, não para fazer literatura no seu jornal, mas sim para anotar impressões.

Direi que estou entusiasmado...

Direi que estou entusiasmado? Não. Direi que estou assombrado? Não. É algo mais profundo e sincero: estou comovido. Esse é o termo: comovido.

A vida, assim, é muito linda.

E não me refiro às atenções recebidas das pessoas com quem lidamos. Não. Me refiro a um fenômeno que é mais autêntico: a atmosfera de educação coletiva.
Que importa que uma pessoa seja atenciosa com você, se quando você sai pra rua o público destrói a impressão que o indivíduo havia lhe produzido?
Aqui, ao contrário, você se sente à vontade. Na rua, no café, nos escritórios, entre brancos, entre negros...
Quando o leitor sai de sua casa está na rua, não é verdade?
Bom, aqui, quando você sai pra rua, está na sua casa...
Um ritmo de amabilidade rege a vida nesta cidade.
Nesta cidade, que tem um tráfego e uma população proporcionais aos de Buenos Aires. Com a única diferença que, nas esquinas, você ergue os olhos e se depara com um morro verde dourado de nuvens e uma palmeira no alto, com seus quatro galhos reticulando o azul.

Sem exceção

Os brasileiros são diferentes de nós?
Sim, são diferentes no seguinte: têm uma educação tradicional. São educados, não na aparência ou na forma, mas têm a alma educada. São mais corteses que nós, e só se pode compreender o sentido verdadeiro da cortesia pela sensação de repouso recebida por nossos senti-

dos. É como se de repente o leitor, acostumado a dormir sobre paralelepípedos, se deitasse em um colchão.

Pense nisso. Uma moça pode aqui caminhar tranquilamente pelas ruas à meia-noite. Uma moça decente, hein? Não confundamos!... E se não for, também... Você pode ir a qualquer lugar, até o mais suspeito, em companhia de qualquer tipo de mulher, honesta ou não. Ninguém vai se meter com você.

Em Buenos Aires, em quase todos os cafés, o leitor encontra compartimentos para famílias. Aqui, não se conhece essa divisão. Quando saem do trabalho, as moças entram nos cafés, tomam sua xícara de "pretinho" e fazem isso com tranquilidade: a tranquilidade da mulher que sabe que é respeitada.

Em Buenos Aires, o tratamento geral dado à mulher revela o seguinte: que ela é considerada um ser inferior. A contínua falta de respeito de que é vítima demonstra isso.

Aqui, não. A mulher está acostumada a ser considerada uma igual ao homem, e, por consequência, a merecer dele as atenções que ele dá a qualquer desconhecido que aparecer.

E de repente, queira ou não, você sente que uma força te subjuga, que eles estão no caminho de uma vida superior à nossa. Compreendemos que com nossa grosseria desnaturalizamos muitas coisas belas, inclusive destruímos a feminilidade da mulher portenha.

Será que por acaso a vida aqui é mais linda porque é menos difícil? Vá saber! O certo é que este povo é muito diferente do nosso. Os detalhes que percebemos na vida diária mostram que é um povo mais educado. Creio que ainda predominam, com inquestionáveis vantagens para a coletividade, as ideias europeias. Se não fosse demasiado ousado o que vou dizer, ao correr não da pena, mas sim das teclas da máquina de escrever, eu transformaria isso em uma afirmação categórica. Me ocorre que, de todos os países de nossa América, o Brasil é o menos americano, por ser, precisamente, o mais europeu.

Esse respeito espontâneo com o próximo, sem distinção de sexo nem de raça; essa linda indiferença pelos assuntos alheios é, digam o que quiserem, essencialmente europeia.

E a paisagem é linda; as montanhas azuis, as árvores... Mas que importância pode ter a paisagem frente às belas qualidades do povo?

Os pescadores de pérolas

7/4/1930

Pensei em chamá-la de "a pracinha dos pescadores de pérolas", porque me lembra um romance de Emilio Salgari, *A pérola vermelha*. É preciso viajar um pouco para perceber que Emilio Salgari, o romancista que ficaríamos encabulados ao confessar que lemos depois de ter lido Dostoievsky, é o mais potente e admirável despertador da imaginação infantil. Hoje me lembrei do romance de Salgari com a mesma emoção de quando tinha 13 anos e lia aos pulos debaixo da tábua da carteira da escola, enquanto o professor explicava um absurdo teorema de geometria. Lembrei com emoção, porque a "reconheci" quando a vi. E chamei-a em seguida de "a pracinha dos pescadores de pérolas".

Caminhando

Caminhando pela rua da Carioca, em direção ao Oeste, chega-se ao mar. Seguindo por uns becos estreitos, quentes de sombras, por um chão de pedras quadradas e polidas pelo atrito, de repente a perspectiva se abriu. Apareceu um pedaço de céu azul, e dois galpões achatados, compridos, caiados, com tetos de telhas caneladas que formam entre si um ângulo reto. Negros, uns descalços, outros com sobretudos surrados, quase todos de camiseta, com chapéus sebentos, maltrapilhos, olhavam o sol decompor pedaços de peixe colocados sobre esteiras, sustentadas por pedaços de pau em cruz. Um fedor de peixaria, de sal e de podridão infectava o lugar. Deitados ao sol, olhavam um rapaz de carapinha, cor de carvão, com os braços e os pés nus, que segurava uma gaiola com pássaros de plumagem azul, enquanto na mão direita encolhida levava um papagaio verde-diamante. Aninhado junto a um cesto, havia um gato branco com um olho azul e outro amarelo.

Parei junto aos negros e comecei a olhá-los. Olhava e não olhava. Estava perplexo e entusiasmado frente à riqueza de cores. Para descrever os negros é necessário frequentá-los; têm tantos matizes! Vão desde o carvão até o vermelho escuro do ferro na bigorna. Depois continuei caminhando, e três passos depois, entrei em uma pracinha aquática... Lá estava!

A rua descia em declive. Em vez de parar perto da água, esta viela de pedra entrava nela. E no declive, acomodadas uma junto à outra, lanchas estreitas e compridas como pirogas (devemos estas definições a Salgari) pintadas de cor de carne, cor de alface, de azul alho-poró. Mas não barcas novas, e sim encardidas, quebradas, carregadas de redes de pescaria, cheias de escamas; algumas com as tábuas rachadas, reforçadas com remendos de madeira com pregos; outras pareciam fabricadas com restos imprestáveis de um latão de querosene, e no interior, estirados ao comprido sobre a roupa, homens que dormiam.

Esta pracinha aquática era fechada 40 metros adiante por dois braços de pedra, que deixavam uma abertura de alguns passos. Por ali entravam e saíam as chalupas. E me lembrei dos pescadores de pérolas, de *A pérola vermelha*. O mesmo lugar do romance de Salgari, a mesma imundície carregada de um fedor penetrantíssimo, cascas de banana e tripas de peixe. De pé, junto às pirogas – não merecem outro nome –, havia anciãos barbudos, descalços, mulatos, desgrenhados vermelhuscos, remendando lentamente uma rede, raspando com uma faca a quilha de suas embarcações, acomodando cestos de vime amarelo, com um mata-rato entre os lábios inchados como leprosos.

Conversavam entre si. Um cafre de cabelos brancos com pinta de pirata, barba rala, o peito de chocolate, dizia a um rapazinho amarelo que apertava a ponta de uma rede, com os pés sujos e nus, contra o chão: "Toda força que vem de cima é de Deus..."

Quietude

Não sei se são infelizes ou não. Se passam fome ou não. Mas estavam ali sob o sol que fazia fermentar a sujeira de suas embarcações e a sua própria, e os peixes destripados nas cestas, como se estivessem no paraíso prometido aos homens de boa vontade e entendimento simples. Sem fazer barulho, sem se perturbar nem perturbar ninguém, indiferentes. O sol era tão doce para o que vestia sobretudo como para o que estava nu, porque na verdade fazia um calor de andar nu e não de sobretudo. Uma brisa suave fazia a água passar do óleo cinzento para a aquarela. Me sentei num pilarzinho de pedra e fiquei olhando. A pracinha aquática poderia estar na África, no Ceilão ou em qualquer lugar do Oriente. E embora negros, água e peixes soltassem um fedor de salmoura insuportável, sei que qualquer um dos que me leem apertaria as narinas apressadamente se tivesse que estar ali; mas eu permaneci muito tempo com os olhos fixos na água, nas pirogas estropiadas, pobres, remendadas. Da pracinha aquática emanava uma sensação de paz tão profunda que não dá para descrever... Até cheguei a pensar que se alguém se jogasse na água e chegasse ao fundo, poderia encontrar a pérola vermelha...

A cidade de pedra
8/4/1930

Há momentos em que, passeando por estas ruas, a gente acaba dizendo:

– Os portugueses fabricaram casas para a eternidade. Que extraordinários! Todas, quase todas as casas do Rio são de pedra. As portas estão engastadas em pilares de granito maciço. Casas de três, quatro, cinco andares. A pedra, em um bloco polido à mão, sustenta, coluna sobre coluna, o peso do conjunto.

Nada de revestimento

Nas primeiras vezes eu achei que se tratava de pilares de alvenaria revestidos de placas de granito, como na nossa cidade, ou seja, por baixo tijolo, por cima acabamento de pedra. Estava enganado. Percorri ruas onde estão demolindo alguns edifícios e vi derrubarem colunas de granito que no nosso país valeriam um capital. E vi tapumes serem arrebentados com martelo e cinzel, pois os tabiques, em vez de serem construídos de tijolos, são muralhas feitas com uma mistura de argamassa, pedra e cal hidráulica; definitivamente, aquilo, que na nossa cidade usamos para fazer o que se chama de uma armação de concreto armado, aqui foi utilizado para construir a casa inteira.

E se fosse a exceção, não seria de estranhar; mas pelo contrário, no Rio a exceção são as casas feitas de tijolos. São chamadas de "construções modernas", e nas proximidades de Copacabana vi os chamados "bairros novos", construídos com tijolo. O resto, a casa do pobre, a casa da maioria, o cortiço e a casinha são construídos dessa maneira ciclópica: pedra, pedra e pedra. Em blocos descomunais. Em blocos que foram trabalhados na época do Segundo Reinado, por negros e artesãos portugueses.

Vejo demolições que deixariam espantados nossos arquitetos; demolições cujo material poderia aguentar a passagem de uma via férrea sem se quebrar. Por onde quer que se ande – e olhe que o Rio é grande – pedra, pedra e pedra... Isso explicaria um fenômeno. A falta de arquitetura, ou seja, de adornos.

A casa aqui...

A casa, assim como em Buenos Aires – nos nossos subúrbios –, a moradia típica é um jardim de quatro ou cinco por quatro, seguido de três ou quatro aposentos com corredor, a casa, aqui no Rio de Janeiro, fora da avenida Rio Branco (nossa Avenida de Mayo), é de fachada lisa, com sacadas separadas 15 centímetros dessa fachada, ou seja, quase coladas nela. Janelas absolutamente quadradas, e o portal ou melhor, as colunas que sustentam as portas são de granito. As paredes de muralha que ficam entre essas colunas são pintadas de verde, vermelho-fígado, ocre, azul de alvejante, branco. Quase todas as portas têm para defendê-las uma primeira porta com a metade da altura da principal e de ferro, de modo que para entrar em uma casa você tem que abrir primeiro a portinha de ferro e depois o portão de madeira, alto e pesado. Um defende o outro.

Estas portas de ferro trabalhadas à mão reproduzem desenhos fantásticos, dragões com rabos de flores de açucena encrespados em frente a escudos. Todo o conjunto pintado de prata, de modo que à noite, sobre a miserável tristeza de uma fachada vermelha, se destaca a sacada ou a porta prateada, revelando interiores domésticos de toda natureza.

Assim, pode acontecer de você passar pela rua e ver este tipo de coisas: um menino em um quarto lavando os pés. Uma senhora se penteando em frente a um espelho. Um negro descascando batatas. Um cego repassando um rosário em uma cadeira de palhinha. Um padre velho meditando em uma rede, deixando de lado seu breviário. Duas moças descosendo um vestido. Um homem com pouca roupa. Uma mulher em condição idêntica. Um casal jantando. Duas comadres jogando cartas.

A vida privada é quase pública. De um segundo andar se veem coisas interessantíssimas; sobretudo se utilizamos uma luneta (não seja curioso, amigo; o que se vê com binóculos não se conta em um jornal).

    Voltando às casas (deixemos de digressões), este conjunto uniforme, pintado do que eu chamaria de cores azedas e marítimas, porque têm a mesma brutalidade que o azul das camisas estilo marinheiro, produz de noite uma terrível sensação de tristeza, e de dia algo parecido com uma festa permanente. Festa rude, quase africana; festa que depois de um tempo assistindo nos cansa os olhos, deixando a gente aturdido, mareado de tanto colorido.

    A cidade, à luz do dia, merece outra crônica. A cidade noturna é decepcionante. Você caminha como se estivesse em um convento; sempre as mesmas fachadas, sempre um interior alaranjado ou verdoso. Em algum lugar um nicho encravado em um segundo andar; uma redoma que contém a imagem dourada de Nossa Senhora com o Menino Jesus, e embaixo, pendurada por correntes, uma lâmpada de bronze cuja chama flui para cima agitando sombras.

    Um silêncio que só é interrompido pela corrida vertiginosa dos bondes. Depois nada. Portas e mais portas fechadas. De tanto em tanto uma negra gorda e descalça sentada na soleira de sua casa; um negrinho com a cabeça apoiada no parapeito de granito de um primeiro andar, e depois o silêncio; um silêncio cálido, tropical, por onde o vento introduz um espesso perfume de plantas cujo nome ignoro. E o peso da pedra, dos blocos de pedra de que são construídas todas estas casas, acaba esmagando a alma, e você caminha cabeceando, no centro da cidade, em uma quase solidão de deserto às 10 da noite.

Para quê?

9/4/1930

Um amigo do jornal me escreve: "Estou estranhando que você não tenha visitado intelectuais e escritores no Uruguai, nem dê sinais de que pretende visitá-los aí no Brasil. O que está acontecendo?"

Na realidade

Na realidade não aconteceu nada; mas eu não vim visitar estes países para conhecer pessoas que de um modo ou de outro se empenharão em provar que seus colegas são uns burros e eles são uns gênios. Os intelectuais! Vou dar um exemplo. Em um jornal de Buenos Aires, número atrasado, extraviado na redação de um jornal carioca, leio o poema de uma poeta argentina sobre o Rio de Janeiro. Leio e sinto a tentação de escrever a esta distinta dama:

– Me diga, senhora, por que em vez de escrever não se dedica à insigne tarefa de fazer tricô?

Em Montevidéu, conversava com um senhor chileno. Ele me contava histórias. A história envolve um intelectual de lá. Um pintor chileno enviou a esta escritora um

magnífico quadro, e ela, em uma festa dada em sua homenagem, apanha umas violetas e diz ao meu amigo:
– Escute, fulano; envie estas flores a X...
Ou estava transtornada ou não se dava conta, em sua imensa vaidade, que não se enviam umas violetas a um senhor que a obsequiou dessa forma, a uma distância suficiente para permitir que as flores estejam bem murchinhas quando chegarem.

Além do mais, a quem interessam os escritores? Já sei de cor o que vão dizer: elogios convencionais sobre Fulano e Beltrano. Chega a tal ponto o convencionalismo jornalístico que vou fazê-los rir com o seguinte: ao chegar ao Rio fui entrevistado por redatores de diferentes jornais. No jornal *Diário da Noite* publicou-se uma reportagem que fizeram comigo, e entre muitas coisas que eu disse, colocaram na minha boca coisas que nunca pensei. Aí vai o exemplo: que o meu diretor me convidou a "fazer uma visita à pátria do venerado Castro Alves".

Quando li que meu diretor havia me convidado a realizar uma visita à pátria do venerado Castro Alves, gelei. Não sei quem é Castro Alves. Ignoro se merece ou não ser venerado, pois o que conheço dele (não conheço absolutamente nada) não me permite tirar conclusões. No entanto, os habitantes do Rio, ao lerem a reportagem, talvez digam:

– Eis que os argentinos conhecem a fama e a glória de Castro Alves. Eis aqui um jornalista portenho que, perturbado pela grandeza de Castro Alves, chama-o, emocionado, de "venerado Castro Alves".

E eu conheço o Castro Alves menos do que os 100 mil García da lista telefônica. Ignoro em absoluto o que ele fez e o que deixou de fazer. Sua Excelência Castro Alves. Nem me interessa. Mas a frase caía bem, e o redator a colocou. E eu fiquei bem com os cariocas.

Percebe, amigo, o que é a tapeação jornalística? Imagine agora o leitor as lorotas que qualquer literato tentaria me empurrar. Assim como me fizeram dizer que Castro Alves era venerável, ele, por sua vez, diria que o "dotô" merece ser canonizado, ou que Lugones é o humanista e psicólogo mais profundo dos quatro continentes...

Não interessam...

Não se passa um mês, quase, sem que saiam de Buenos Aires três escolares em aventuras jornalísticas, e a primeira coisa que fazem, quando chegam a qualquer país, é entrevistar escritores que não interessam a ninguém.

Por que eu roubaria o trabalho desses rapazes? Não. Por que vou subtrair mercadoria dos 100 jornalistas sul-americanos que viajam por conta de seus jornais para saber o que pensa Fulano ou Beltrano sobre o nosso país? Já sei de cor o que aconteceria. Eu, se fosse vê-los, teria que dizer que são uns gênios e eles, por sua vez, diriam que tenho um talento brutal. E o assunto ficaria assim acertado na conversa: "Entrevistei o genial romancista X." Eles: "Visitou-nos o extraordinário jornalista argentino..."

Tudo isto é tapeação.

Cada vez me convenço mais de que a única forma de conhecer um país, ainda que só um pouquinho, é convivendo com seus habitantes; mas não como escritor, e sim como se a gente fosse vendedor de loja, empregado, ou qualquer coisa. Viver... viver completamente à margem da literatura e dos literatos.

Quando, no começo desta crônica, me referi ao poema da dama argentina, é porque essa senhora viu no Rio o que vê qualquer literato pé de chinelo. Uma montanhazinha e nada mais. Um bonitão parado em uma esquina. Isto não é o cúmulo dos cúmulos? E todos são do mesmo jeito. As consequências de tal atitude é que o público leitor não chega a conhecer o país nem a forma como vivem as pessoas mencionadas nos artigos. Tanto é assim que outro dia, em outro jornal nosso, li uma reportagem feita por um escritor argentino com um general, do Rio Grande ou sei lá de onde. Falava de política, de internacionalismo e de sei lá o que mais. Terminei de ler a enchição de linguiça e disse a mim mesmo: "Onde será que o secretário de redação deste jornal está com a cabeça, que não jogou no lixo semelhante torrente de palavrório? Que diabos importa ao público portenho a opinião de um general de qualquer país, sobre o plano Young ou sobre qualquer outro assunto, por menos ou mais aporrinhante que seja?"

O que havia acontecido era o seguinte: assim como me fizeram dizer que Castro Alves era venerável, porque com isso achavam que eu cairia nas graças do público do Rio (o público do Rio não dá a mínima para minha opinião sobre Castro Alves), fizeram o jornalista argentino entrevistar um generalzinho que deixa imperturbáveis os 200 mil leitores de qualquer publicação nossa. E com tal procedimento os povos nunca chegam a se conhecer.

Agora está explicado, querido leitor, por que não entrevisto nem falo de personalidades políticas nem literárias.

Algo sobre urbanidade popular
10/4/1930

Ando por uma rua escura, entre fachadas de pedra. As lâmpadas de arco voltaico brilham penduradas de cabos alcatroados. Homens em manga de camisa conversam sentados nas soleiras das portas. Mulheres achocolatadas, apoiadas com os braços cruzados nos ferros das sacadas, acompanham o movimento da rua. Em uma leiteria, em uma esquina, negros descalços bebem cerveja. De repente: uma senhora escura agarrou pela mão seu filhinho de 6 anos, cor de café com leite. Vai levar o menino para dormir. O garoto estava brincando com uma menina de sua idade, branca e loura. E vejo: o menino estende a mão gravemente à menininha. Ela também, com seriedade, lhe corresponde; os dedos se apertam, e dizem um ao outro:
— Boa-noite.

Segunda cena

Ando por uma rua aberta no meio de um bloco de granito escarlate. Sobre minha cabeça pendem largas folhas de bananeira. A rua asfaltada desce até a praia. Vêm: um rapaz e uma moça. Dezessete anos, 15 anos. Ele, cor de tabaco claro. Ela, cobre, que parece vime coberto de carvão, tão flexível é a moça de olhos verdes. Quantas raças se misturam nestes dois corpos? Não sei. Só o que vejo é que são magníficos.

Ele sorri e mostra os dentes. Ela, um passo atrás, ri também. Traz na mão uma vareta verde e faz cosquinhas na orelha dele. Andam sozinhos. Aqui, os namorados saem sozinhos. Eles são homens e elas são mulheres de verdade. Quando dois namorados saem sozinhos, é porque são noivos. A vida é séria e nobre em muitos aspectos. E este é um aspecto dessa vida nobre e séria.

Riem e caminham em direção à praia. A praia estende sobre o rio uma bandeja de areia. As bananeiras balançam suas grandes folhas verdes e um perfume de violeta impregna densamente uma atmosfera de tempestade.

Terceira cena

Avenida Rio Branco. Um mar de gente. Fachadas de azulejos bordados de ouro, azul e verde. O Café Mourisco com cúpulas de escamas de cobre. Bondes verdes. Lufadas de jasmim. Ao fundo o Pão de Açúcar, cor de espinafre. De um lado, o morro de Santa Teresa, de cor laranja. Automóveis que passam vertiginosamente, pessoas que bebem refrescos em poltronas de vime. Ele e ela. Ela, de preto. Ele, de branco. Um decote admirável. Caminham lentamente. Não de braços dados, mas sim de mãos dadas. Como crianças. E de repente, escuto-a dizer:

– Meu bem.

Esse "meu bem" saiu da boca de uma mulher impregnado de doçura espessa, lenta, saborosa. Sorveram-se em um olhar; e continuam a caminhar, devagar, ombro com ombro, os braços caídos, mas com os dedos entrelaçados com força. Me disseram que, quando um homem e uma mulher caminham assim, é porque sua intimidade é completa e eles vão cantando, com esses dedos grampeados, engalfinhados, uma felicidade magnífica e ardente.

Quarta cena

Restaurante. Hora do almoço. Ele, 45 anos. Ela, 30. Ele tem os cabelos brancos. Ela é loura, magnífica, alta, flexível; olhos tão lindos como água sobre areia de carvão e ouro. Sentaram-se e o garçom trouxe a carta. Fazem o pedido e o garçom se retira. Traz pratos diferentes. De repente ela estica o garfo e põe na boca de seu companheiro um pedaço de carne. Ele sorri gulosamente. Então ela agarra o queixo dele com a ponta dos dedos e sacode a mão lentamente. Na frente de todos, que permanecem indiferentes. Aqui se vive assim. Trouxeram a sobremesa. Pediram sobremesas diferentes. Então ela retira um pedaço de doce do prato do homem, e balança a cabeça; ele ri e dá umas palmadas nas bochechas dela.

Delicadeza

Onde quer que se vá, a delicadeza brasileira oferece espetáculos que impressionam. Homens e mulheres sempre se acariciam com a mais penetrante doçura que se possa imaginar, no gesto e na expressão. O espírito desse comportamento está no ambiente. Aqui vai um exemplo: entrei em um botequim da Ilha do Governador. Uma vitrola tocava. Quando o garoto que me atendeu ouviu que eu falava em castelhano, me disse sorrindo:

– O senhor é espanhol?

– Argentino, rapaz...

O garoto avançou até o balcão, disse umas palavras ao patrão, e em um minuto se ouvia na vitrola um tango cantado pela Maizani: "Compadrón".

Onde quer que se vá... onde quer que se vá, só se encontram mostras de gentileza, de interesse, de atenção. Salvo exceções, as pessoas são tão naturalmente educadas que a gente fica assombrado. Entrei na Nyrba para pedir detalhes sobre como registrar uma carta aérea. Imediatamente um empregado fez com que um moleque de recados me acompanhasse até os Correios.

Precisava encontrar uma rua. Perguntei a um jornaleiro. Vocês precisavam ver a cortesia com que me explicou o caminho que eu devia fazer.

Gentileza? Se há um lugar da América onde o estrangeiro pode se sentir cômodo e agradecido ao jeito de ser natural das pessoas, é no Brasil. Crianças, homens e mulheres ajustam suas ações dentro da mais perfeita urbanidade.

E a vida noturna, onde está?

11/4/1930

Ah, Buenos Aires!... Buenos Aires!... Avenida Corrientes e Talcahuano, e o terraço e Café de Ambos Mundos, e Florida. Ah, Buenos Aires! Lá a gente se aporrinha, é verdade, mas se aporrinha acordado até as três da manhã. Mas aqui? Meu Deus! Aonde você vai às três da manhã? Que incrível! Disse às três da manhã? Aonde você vai, aqui no Rio, às 11 da noite? Aonde? Me explique, por favor.

Às 11 da noite

Faz um calor de andar em trajes sumários pela rua. E às 11 da noite, todos já voltaram pra suas tocas. Percebem? Às 11 da noite, quando na Avenida Corrientes as pessoas aparecem na porta dos botequins pra começar a fazer a digestão. Ah, botequins da Avenida Corrientes! Sinto água na boca.

Eu estava dizendo que aqui às 11 da noite todo mundo está na cama. Um ou outro notívago passa com cara de cachorro pela avenida Rio Branco. Devo estar mal da cabeça. Disse que algum notívago passa? Bom; está bem, notívago das 11 da noite! O sujeito fica na farra até as 10:40, e às 10:50 vai embora pra casa. E faz um calor que dá vontade de dormir na calçada. E todo mundo na cama. Conseguem imaginar uma tragédia mais horrível do que essa? Ir dormir às 11 da noite? Porque, o que se vai fazer, me diga, depois dessa hora? Medir a largura das ruas, a longitude da ferrovia, a quilometragem do estuário? Todo mundo na cama às 11 da noite. Às 11, sim, às 11.

Eu consigo entender que os recém-casados se deitem às 10 ou 11 da noite. Admito que o proprietário de alguma destas "meninas" não se descuide e às 10:40 fuja rapidamente pro seu ninho. Sou humano e compreensivo. Dá pra entender, ainda mais aqui. Mas e a juventude solta e livre? O "divino tesouro" também ferra no sono. Às 11, no mais tardar, se gruda no catre; e você gira que gira desesperado por estas ruas solitárias, onde, de vez em quando, tropeça com um negro, que mesmo sem estar bêbado caminha rindo e conversando sozinho. É notável o costume dos "grones". Devem conversar com a alma de seus antepassados, os beduínos ou os antropoides.

E que camas

Brutalmente. Às 11 todos vão dormir, porque as ruas estão desertas. Nem sinal de café, nem sinal de nada. Vão dormir porque não há nada pra fazer na rua. Esta gente é como as galinhas: jantar de seis às sete, depois três voltas castas em torno do quarteirão, e pra cama, dormir. Mas querem me dizer o que pode fazer um portenho na cama, às 11 da noite? E nestas camas que são de madeira. Ah! Porque os colchões neste país não são de lã. *Lasciate ogni speranza* você que se deita na cama. Os colchões são de crina vegetal, e com esta crina vegetal é pouco dizer que qualquer colchão para os nossos soldados é mais macio e doce que estas chapas flexíveis que parecem mais amianto do que outra coisa.

Quando você se deita pela primeira vez, a primeira coisa que faz é chamar desesperado a arrumadeira, se está em uma pensão, e dizer que ela esqueceu de colocar o colchão. E então ela responde que não, que a cama tem colchão, e te mostra pra que não reste dúvida, e você vê com seus olhos mortais e passageiros, e solta cada palavrão que faria corar um sarraceno. E o colchão não se apieda nem se adoça por isso, mas continua sendo tão de madeira quanto antes, e pode se deitar um regimento inteiro nele que nem assim ele amaciará nem um tico. Crina vegetal, amigo. Pra dormir! Você dá voltas e voltas com dor em todos os ossos; gira da direita pra esquerda dizendo cobras e lagartos. O colchão não amolece nem de brincadeira... Faça de conta que está dormindo ou não dormindo, ou querendo dormir e não podendo, em cima de um piso de madeira.

Seja imparcial, amigo, é possível padecer maiores martírios do que estes? Ter que se deitar às 11 da noite em uma cama que daria inveja, para assegurar um lugar no céu, a um candidato a santo. Seja imparcial; imagine que te obrigam a ir dormir às 11 da noite em um catre destes, que não amolece nem se você jogar água nele. Você acende um cigarro. Fuma. Joga fora a guimba e cospe em qualquer direção. Mete o braço embaixo do travesseiro, depois a cabeça, depois o outro braço, mais tarde encolhe as pernas, depois outro cigarro, volta a expectorar. Solta um palavrão, medita, endireita a carcaça; sente vontade de fazer buracos no forro; outro cigarro; passa um bonde com solavancos infernais e te arranca da levíssima modorra que prometia se converter no começo de um semissono. Batem duas horas no relógio, e batem três, e batem quatro, e não há guarda-noturno gritando "Viva a Santa Federação", mas você está com um olho aberto e o outro conspirando e pensando besteiras a granel.

E então você, desesperado, se pergunta pela centésima milésima vez:

– O que essa gente faz na cama tão cedo? O que faz?

Trabalhar como um negro

12/4/1930

Nós, portenhos, dizemos "trabalhar como um negro". Mas em Buenos Aires os negros não trabalham, a não ser como contínuo, que é o trabalho mais cômodo que se conhece, e que parece que foi inventado exclusivamente para que os "grones" portenhos o executem nas portarias de todos os ministérios e repartições públicas.

Com exceção dessa atividade, o cidadão "grone" finge-se de morto. Nasceu para ser contínuo, e se lembra desta célebre frase: "Serás o que deve ser, ou não serás nada" (entre parênteses, essa célebre frase é uma tremenda lorota). E o "grone" a segue escrupulosamente. Não dá duro, a não ser de *libré* e na antessala de um ministro.

O negro brasileiro

Este sim trabalha como um negro! Ou melhor: agora sim constatei o que significa "trabalhar como um negro". Debaixo de um sol que derrete as pedras, um desses sóis que fazem você suar como um filtro de barro e que deixariam atordoado até um lagarto, o negro brasileiro, descalço, sobre as calçadas ardentes, carrega paralelepípedos, transporta volumes, sobe escadas carregado de fardos tremendos, manobra a picareta, a pá; levanta trilhos... E o sol, o sol brasileiro cai sobre seu lombo de besta negra e o torra lentamente, dando-lhe um brilho de ébano requentado em um forno. Ocupa-se nos trabalhos mais brutais e rudes, naqueles que aqui fazem o branco recuar.

Sim, onde o nativo pálido ou o trabalhador estrangeiro recua, está o negro para ocupar o posto. E trabalha. Você sente que vai desmaiar de calor na sombra; e o negro, entre uma nuvem de areia, entre chispas de sol, dá duro, dá duro pacientemente como um boi: vai e vem com pedregulhos, sobe escadas, tremendamente íngremes, com enormes cestos de areia; e sempre com o mesmo ritmo: um passo lento, parcimonioso, de boi. Assim, de boi.

Por uma remuneração irrisória. É silencioso, quase triste. Deve ser a tristeza dos antepassados. Vá saber o que é!

Quando estão sozinhos

Já me aconteceu de esbarrar à noite, nas ruas mais abandonadas, com negros que caminhavam sozinhos, rindo e conversando. No hotel também. No momento em que abria uma janela, surpreendi uma negra. Estava sozinha no quarto; ria e conversava. Ou com a parede, ou com um fantasma. Ria infantilmente ao mesmo tempo em que mexia os lábios. Outra vez, caminhando, escutei os risinhos abafados de um negro. Parecia que zombava de um interlocutor invisível, enquanto pronunciava palavras que não consegui entender.

Pensando no assunto, me ocorreu que, nestes cérebros virgens, as poucas ideias que nascem devem adquirir uma intensidade tal que, de repente, o homem se esquece que quem o escuta é um fantasma, e o fantasma se torna para ele um ser real.

Também os observei nos arredores do porto. Formam círculos silenciosos, que se aquecem ao sol.

Uma força espantosa estoura em seus músculos. Há negros que são estátuas de carvão cor de cobre, máquinas de uma fortaleza tremenda, e no entanto algo infantil, algo de pequenos animaizinhos se esconde debaixo de sua semicivilização.

Vivem misturados com o branco: aqui o leitor encontra uma senhora bem-vestida, branca, em companhia de uma negra; mas o negro pobre, o negro miserável, o que mora nos barracos do Corcovado e do Pão de Açúcar, me dá a sensação de ser um animal isolado, uma pequena besta que se mostra tal qual é na escuridão da noite, quando caminha e ri sozinho conversando com suas ideias.

Previno os leitores que nessa hora o espetáculo parece mais fantasia do que realidade. Um negro na escuridão só é visível por causa de sua dentadura e de suas calças coloridas quando passa debaixo de uma luz. Com frequência não usa chapéu, de modo que imagine o leitor a sensação que se pode experimentar, quando nas trevas se escutam um risinho de orangotango, palavras cochichadas; é um africano descalço, que caminha mexendo os ombros e retinindo sua misteriosa alegria.

Tão misteriosa, que nessas circunstâncias eles nem enxergam a gente. A negra que surpreendi no hotel estava quase na minha frente, e não me via. Uma noite caminhei vários metros perto de um estranho murmurador negro. Quando, por fim, "escutou" meus passos, me dirigiu um olhar esquivo; nada mais.

Com quem falam? Terão por acaso um "totem" que o branco não poderá nunca conhecer? Será que distinguem na noite o espectro de seus antepassados? Ou será que recordam os tempos antigos quando, felizes como as grandes bestas, viviam livres e nus na floresta, perseguindo os símios e domando serpentes?

Um dia desses tratarei dos negros; dos negros que vivem em perfeita companhia com o branco e que são enormemente bondosos apesar de sua força bestial.

Tipos estranhos

13/4/1930

Meu amigo é uma excelente pessoa. Não há outra melhor. Se não fosse o defeito que tem de contrair dívidas, de comprar artigos e não pagá-los, seria o que poderíamos chamar de um cavalheiro honradíssimo. E é... quase é. No Rio de Janeiro, rodeou-se de um prestígio ímpar. É respeitado. Ele me fez a confidência de que o presidente do Brasil o estima muito. Como não me custa nada acreditar nele, admito esse fenômeno de simpatia do doutor Washington Luís Pereira de Souza pelo senhor a que me refiro. E mais ainda, ele me confessou intimamente que o doutor Washington Luís Pereira de Souza deseja sua amizade.

Como contava em outra oportunidade, meu amigo é o proprietário da caverna, ou inquilino, onde pernoita o homem do pijama listrado, e onde uma vez deixei minhas maletas com desconfiança. Estas coisas costumam acontecer com os amigos da gente.

O homem do pijama listrado

O homem do pijama continua sendo um mistério pra mim. Trabalha como um rato o dia inteiro. Estou che-

gando à conclusão de que meu amigo é que aluga a casa e o outro é que paga o aluguel. Sim. Guardo esta convicção, baseada no profundo conhecimento que tenho de certas naturezas humanas. Trabalha em quê? Não sei. Corre todo o dia sob o escaldante sol brasileiro, com uma pasta debaixo do braço, enquanto meu amigo diz:
– Tenho qualificações para ser financista. Preparei uns projetos bestiais. Quero convencer todos os comerciantes de São Paulo a investirem na confecção de uma revista redigida em castelhano.

Fumo e olho pra ele. Não me canso de olhar pra sua cara de cabra, e a ingenuidade que abriga em seu coração. Porque todos estes aventureiros são ingênuos. Acreditam nos negócios milionários. Dão um jeito de tapear o dono do botequim da esquina, ou seja, sua astúcia é café pequeno, e depois entram no terreno das imaginações, como estes péssimos contistas, que depois de escrever a duras penas um conto de oitocentas palavras, anunciam um romance em três volumes, "com continuação...".

Boa pessoa

Falando sério: é uma boa pessoa... ou melhor... um boêmio... com um montão de cabelos brancos, meu amigo ou hóspede acredita na poesia, acredita... acredita em tudo o que é inacreditável depois de uma certa idade...
Olho pra ele. Deixo ele falar, e digo:

– Me conta a história do marechal Temístocles. É fabulosa.

Meu amigo estava na pior. Não tinha um "tostão", que são 100 réis ou 3 centavos em moeda argentina. Havia vendido tudo o que tinha pra vender, e o que não tinha, também. O último resto do naufrágio era o seu retrato a óleo, feito por um pintor péssimo. Imagine o leitor que lixo devia ser o retrato, que meu amigo o colocou debaixo do braço, foi ver o marechal Temístocles, um negro com mais dragonas que os marechais de cinema, e disse a ele:

– Trago aqui o retrato... do general Mitre. É um dever de consciência que "Sua Excelência" o compre.

O marechal olhou o retrato; olhou o meu amigo, e mandou que lhe dessem um conto de réis. Imaginem como esse retrato devia ser parecido com o original.

Apaixonou-se por uma moça, faz muitos anos. Ela gostava de poesia e meu amigo agarrou um livro de versos, o primeiro que caiu em suas mãos, copiou-o todo e disse à sua futura:

– Estes poemas foram inspirados em você.

E se casaram. Três meses depois ela descobriu que o livro de poemas era um plágio, e atirou o volume na cabeça dele.

Seu aspecto

É descansado, grave e sisudo. Ganhou um pouco de barriga, respeitabilidade, óculos, sabedoria, cabelos brancos, experiência. Sorri, inclina a cabeça ao falar, o que produz a sensação de que mastiga muito o que vai dizer. É um aristocrata, não sei se por parte de Adão ou de Eva. Tem na pasta três cédulas de 50 mil réis, que são três cédulas eternas; o golpe de efeito... para engrupir o fornecedor. Nunca diz palavrões e gosta muito de todos os jovens escritores da nova geração argentina. Um homem excelente. Insisto. Bom. Decente. Tem seus defeitos, mas quem não tem? Sua indulgência é enorme. Sua compreensão dos motivos que regem os atos humanos, fabulosa.

– Se eu fosse juiz, não condenava ninguém – me diz. E acredito nele. O que ele não diz é o seguinte: "Se eu fosse juiz, não condenava ninguém que me pagasse..." Mas isso está subentendido.

Enquanto isso, vive. Vive florido e contente, vistoso e otimista. Sonha com um sindicato monstruoso, jornalístico, à base de milhões de contos de réis. Não faz mal a ninguém, ao contrário; se pode ajudar alguém, encantado. Definitivamente, é muitas vezes superior a esses fariseus que, como dizia Nosso Senhor Jesus Cristo, "são sepulcros cheios de podridão por dentro e caiados por fora".

Cidade sem flores
14/4/1930

Não fiquem espantados com o que vou dizer: o Rio de Janeiro dá a sensação de ser uma cidade triste, porque é uma cidade sem flores. O leitor pode andar de bonde durante meia hora que não vai encontrar um só jardim. Quantas vezes me lembrei nestes dias de uma sacada que há na rua Talcahuano, entre a Sarmiento e a Cangallo! Esta sacada fica em um segundo andar, tem uma trepadeira e no meio da trepadeira uma gaiola com pássaros. E que rua de nossa cidade, que casa mais ou menos linda, que água-furtada de pobre, que pocilga de balconista de armazém e biboca de carregador do porto, não tem no parapeito da janelinha uma latinha com um pouco de terra e um gerânio chinfrim morrendo de sede?

Nada de verde

Se algum dia o leitor chegar a pisar as ruas do Rio, dirá: o Arlt tinha razão. Não há flores de malva nem para fazer banhos de assento, nem capim-limão para fazer um chá, nada e absolutamente nada de verde. As janelas, não importa se as casas são pobres ou não, estão mais peladas que cabeça de careca. Pedra, isso sim, à vontade. Azulejos? Podem rir do arco-íris, aqui há fachadas de casas feitas com azulejos amarelos, brancos, verdes, vermelhos, azuis. Mas flores, jardins? Nadica de nada!

Nos primeiros dias, dizia a mim mesmo que os jardins deviam estar nos arredores da cidade; mas fui a todos os arredores, e nem sinal de botânica caseira! Pedra, pedra e pedra.

Disse ao jornalista português, com quem agora consigo me entender um pouco:

– Lá, na nossa cidade, nós, praticamente todo mundo, temos um jardinzinho de meia-tigela. Você anda pelas ruas das *parroquias*, que são as freguesias daqui, e que diabo! Não há casa que não tenha seu jardinzinho; e se a casa dá pra rua, põem vasos na janela, e o morador de uma água-furtada precisa ser muito bronco pra não ter na janela uma plantinha qualquer que serve de quadra de esportes a todos os passarinhos que passam.

Não há pardais

O homem que anda em trajes sumários me responde roucamente: "Aqui temos urubus, não pássaros."

De fato, uma nuvem de urubus paira o dia inteiro sobre os morros do Rio. Como no alto dos morros vivem pessoas que não são duques nem barões, mas sim negros e pobres, e há ali uma sujeira que merece um capítulo à parte, desde a hora de acordar até a hora de dormir podem-se ver revoadas de aves negras que traçam no ar círculos oblíquos.

E os pardais, que não queriam nem saber de semelhantes vizinhos, fugiram. Ah! Outro detalhe. Detrás dos morros cuja fachada se vê aqui do Rio, estão os bairros operários (isso é assunto para outra crônica). Bairros operários que são imensamente tristes e sujos. Bairros de onde se sai com a alma encolhida de tristeza. Lá também não há jardins. Em lugar nenhum. Fui a Niterói, a capital do Estado do Rio de Janeiro. Niterói tem praias lindas, ruas abertas em pedra escarlate; matas verdejantes e bananeiras; ruas asfaltadas e, exceto nos chalés de construção moderna, vi apenas um ou outro jardim. E isto em um bairro considerado um dos mais lindos do Rio.

– É a influência dos portugueses – me diz o homem do pijama listrado. – Somos gente triste. Não observou que aqui não há alegria nenhuma? E, no entanto, o Rio tem dois milhões de habitantes...

– Como, dois milhões?...

– E um pouco mais. E para estes dois milhões de habitantes, há três teatros funcionando... salvo a dúzia de cinematógrafos em atividade.

Dois milhões de habitantes e nenhum jardim, nenhuma flor!... Não é triste e significativo o detalhe?

Vive-se, como disse em uma crônica anterior, sombriamente. Quem trabalha vai do emprego pra casa. Nos cafés, você não encontra um trabalhador mais do que cinco minutos sentado na frente da sua xícara; um funcionário, quero dizer. Os operários não entram nos lugares frequentados pelas pessoas bem-vestidas (outra crônica). Em Buenos Aires, um operário termina seu trabalho e troca de roupa. Na rua, está em pé de igualdade com o comerciante, o capitalista e o funcionário. Aqui, não. O operário é sempre o que é, em todos os lugares. Vai para casa, o casarão sombrio, e não sei se porque está cansado ou desespiritualizado, não encontra em si mesmo as forças para manter um cravo florescendo em uma ex-latinha de conserva.

– Em Petrópolis, lugar onde o presidente da República veraneia, há jardins – me diz um senhor. – Mas é curioso: lá as flores não têm perfume.

E não consigo entender certas contradições. Em Petrópolis as flores não têm perfume; aqui, as mulheres são loucas por perfume, como os homens. E, no entanto, em toda a cidade nem uma flor sequer... nem um só jardim.

– É a tristeza portuguesa – insiste o amigo lisboeta –, somada ao enervamento produzido pelo sol.

E vá saber se não é isso mesmo!

Cidade que trabalha e morre de tédio
15/4/1930

No conceito de todo cidadão que respeita os direitos da preguiça – porque a preguiça também tem seus direitos, segundo os sociólogos –, o café desempenha um lugar proeminente na civilização dos povos. Quanto mais uma raça for fã de ficar de papo pro ar, melhores e mais suntuosas cafeterias terá em suas urbes. É uma lei psicológica, e não há o que fazer: assim dizem os sábios.

Aqui se trabalha

Nós, habitantes da mais linda cidade da América (me refiro a Buenos Aires), acreditamos que os cariocas e, em geral, os brasileiros são gente que passa o dia inteiro de pança pro sol, desde que "Febo aparece" até a hora em que vai roncar. E estamos redondamente enganados. Aqui as pessoas trabalham, sem brincadeira. Ganham o pão com o suor da testa e das outras partes do corpo que também suam como a testa. Dão duro, dão duro no batente sem descanso, e juntam o que podem. Suas vidas se regem por um princípio subterrâneo de atividade, como diria um senhor sério escrevendo artigos sobre o Brasil.

Eu, de minha parte, digo que pegam no batente todo santo dia, e nem sinal de sábado inglês! Aqui não há sábado inglês. O domingo como Deus manda, que Deus não inventou o sábado inglês. E aí terminam as folgas. Trabalham, trabalham brutalmente e não vão ao café exceto por breves minutos. Tão breves que, quando você fica um pouco além da conta, é posto pra fora. É posto pra fora não pelos garçons, mas sim pelo encarregado de cobrar.

E o chamado café "expresso"?

Antes de mais nada, não se conhece o café "expresso", essa mistura infame de serragem, borra de café e outros resíduos vegetais que produzem uma mistura capaz de produzir uma úlcera no estômago em pouco tempo. Aqui, o café é autêntico, como o tabaco e a beleza natural das mulheres.

 Os cafés têm poltronas nas calçadas, mas na calçada não se serve café. É preciso tomá-lo lá dentro. Lá dentro, as mesas estão rodeadas de cadeirinhas que dão vontade de jogar na rua com uma patada. Vi sentar um gordo que precisou de uma cadeira para cada perna. A mesinha de mármore é reduzida; enfim, parecem construídas para membros da raça dos pigmeus ou para anões. Você se senta e começa a ficar invocado. Uma orquestra de negros (em alguns bares) arma, com suas cornetas e outros instrumentos de sopro, um alvoroço tão infernal que você mal acabou de entrar e já quer sair.

Você senta e trazem o "feca". Sem água. Percebem? Em um país onde faz tanto calor, servem café sem água. Você engole um palavrão, e diz berrando:

— E a água? Vendem água aqui?

"O senhor quer água gelada... um copo de água gelada." E trazem a "água gelada" com um pedacinho de gelo. O copo é daqueles de beber licor, não água.

Você ainda nem terminou de tomar o café, e um idiota vestido de preto, que passa o dia fazendo malabarismos com moedas, se aproxima da sua mesa e bate no mármore com o canto de uma moedinha de mil réis. Mil réis são 30 centavos. Você, que ignora os costumes, olha o malandro e este te olha de volta. Então você diz:

— Por que não bate no próprio focinho em vez de bater no mármore?...

É preciso desembolsar e ir embora. Pagar os 6 centavos que custa o café e dar no pé. Se você quer ficar de bobeira, há as poltronas da calçada. Ali são servidos bebestíveis que custam um mínimo de 600 réis (18 centavos argentinos).

Pas de gorjeta

O garçom não recebe gorjeta. Ou melhor, ninguém dá gorjeta quando toma café. O homem que faz malabarismos com os cobres é o encarregado de cobrar, e por conseguinte o único que afana... se é que rouba, porque este é um país de gente honrada. De modo que o espetáculo que o olho do estrangeiro pode gozar em nossa cidade, que é o de vadios robustos tomando sombra por duas horas em um café, bebendo um "negro", é desconhecido aqui. As pessoas se dirigem às poltronas da calçada na hora da moda. O resto da multidão entra no café pra ingerir uma xicrinha de "feca" e dá no pé. Aqui se trabalha, se dá duro e se leva a vida a sério. Como fazem? Não sei. Homens e mulheres, crianças e adultos, negros e brancos, todos trabalham. As ruas fervem como formigueiros nas horas de maior movimento.

Conclusões

Se a metáfora não fosse um pouco atrevida, diria que os cafés daqui são como certos lugares incômodos, onde se entra apressado e de onde se sai mais rápido ainda.

Cidade honrada e casta. Não se encontram "mulheres de má fama" pelas ruas; não se encontra um só café aberto à noite; não há jogatina, não há coletores de apostas. Aqui, as pessoas vivem honradissimamente. Às seis e meia todo mundo está jantando; às oito da noite os restaurantes já estão fechando as portas... É como eu disse antes: uma cidade de gente que trabalha, que trabalha incansavelmente, e que na hora de ir embora chega em casa extenuada, com mais vontade de dormir que de passear. Esta é a absoluta verdade sobre o Rio de Janeiro.

Por que vivo em um hotel
16/4/1930

Não tem jeito... Nasci para ser profeta. Quando falei do meu amigo, disse que eu tinha ido parar na caverna do maior bandoleiro que se possa conhecer. Está na cara, um malandrim interessante. Também disse que a casa tinha dois colchões e uma cama. A cama me foi concedida em honra ao meu romance.

Algo incrível

Pois vão ver agora o que aconteceu. Uma noite vou dormir na maior tranquilidade. Durmo sem pensar em nada. Pela manhã me levanto às sete. Meu amigo estava saindo. Ele disse: "Até logo"; e voltei a roncar. Lá pelas nove, sinto que alguém puxa meu braço. Abro os olhos e me vejo rodeado de uma cáfila de carregadores cor de chocolate que me olhavam com gravidade. E um deles me diz:
— Sua Excelência pode deixar o leito...
(Essa é boa, me chamam de Excelência!) Me levantei dizendo, como se fosse uma Excelência de verdade:
— O que está acontecendo aqui?

Minha estupefação se multiplicou ao grau infinito. Vi que os negros carregavam os colchões e iam embora com eles nas costas. Então, um dos carregadores me explicou que os colchões e a cama tinham sido vendidos pelo meu amigo a um brechó e que, em síntese, eles não eram ladrões, nem realizavam um furto, mas sim ganhavam o pão carregando volumes, e que a cama na qual eu ferrava no sono docemente estava incluída na operação comercial que o pilantra havia realizado.

Me vesti e saí pra rua. Não para consultar os homens sábios, mas sim para rir. Quero deixar registrado que em todo o apartamento só o que sobrou foi um par de lençóis, algumas meias imundas e carcomidas, a cafeteira fantástica, um embrulho de pão e minhas maletas. E tão distraído estava que ao descer a escada me esqueci de fechar a porta do apartamento.

E eis que agora encontro o financista pela rua e pergunto:

– Me diga, bandido, como é que você vendeu as camas?

Sem se perturbar, me respondeu:

– Quero mobiliar o apartamento. Desse jeito não pode ficar.

– É que lá não tem nem onde se sentar. Levaram até as cadeiras...

Então, gravemente, refletiu e me disse:

– Temos que comprar uns latões de querosene pra servir de cadeira...

Quando respondeu assim, comecei a rir. As pessoas que passavam pela rua paravam pra olhar pra gente. Por fim, quando consegui sufocar as gargalhadas, resmunguei:

— E com essa mobília que você vai enfeitar o apartamento? Vá ao raio que o parta!... Tome as chaves, vou dormir no hotel.

— Você fechou a porta?
— Não; fechar pra quê?
— Como! Você deixou a porta aberta?
— Sim, o que é que tem?
— E você quer que o primeiro que passar entre lá? Que levem o que sobrou?

Juro que nunca ri tanto. Os transeuntes paravam e me olhavam como se estivessem dizendo: "O que será que está acontecendo com este homem?"; enquanto meu amigo vociferava:

— Preciso cuidar de você como se fosse seu pai. Você fica na minha casa, joga as guimbas nos cantos, me despoja da minha mais linda cama; rasga os lençóis, bebe o meu café, meu pão, o suor da minha testa, deixa a porta aberta pra que o primeiro malfeitor que passar me despoje de meus bens e ainda por cima ri. Ri de mim, que fui como um pai pra você!...

— Mas, que bens você quer que roubem, velho bandido, se só o que sobrou lá são papéis e livros, papéis cheios de garatujas?...

— Os originais da minha obra-prima... do meu livro...

Juro que nunca ri tanto como hoje. Até as moças que trabalhavam no balcão de uma tabacaria começaram a me olhar e a rir do meu amigo, que continuava:

— Essa é a gratidão que você tem pelos cuidados paternais que dispensei a você? Você se diverte me maltratando; deixando aberta a porta da minha casa, pra que o primeiro gatuno que passar me despoje. É assim que você me agradece os serviços que prestei a você, não como a um amigo, mas como a um filho?... Porque você, pela sua idade, ao meu lado é um moleque...

— Bom, e onde dormimos esta noite? Terei que ir ao hotel. E o jornalista português? Esse sim ficou na rua...

— Como? Levaram a cama do português?...

— Que cama? O colchão, você quer dizer?... Claro que levaram o colchão!...

— Meu Deus! É que o colchão era dele! Como vamos fazer agora?...

— O colchão era do homem de pijama listrado?...

— Sim; comprou com seu dinheiro...

— E você vendeu?...

Eis aqui por que, faz um par de semanas, vivo em um hotel e acho que a hospitalidade, como sentimento amistoso, é muito linda, mas é incômoda quando vendem a cama em que você está dormindo.

O Rio de Janeiro no domingo

22/4/1930

Busco inutilmente uma definição da cidade do Rio de Janeiro. Porque o Rio é uma cidade, isto não se discute; mas uma cidade de província com uma triste paz em suas ruas mortas no domingo.

Cinco da tarde. Dou as caras no refeitório da pensão onde moro. A patroa, algumas pensionistas, alguns pensionistas. Todos fazem uma roda em torno da mesa e jogam uns "tostões" (moeda de 3 centavos argentinos) no pôquer. Jogam pôquer a dinheiro! Faço devotamente o sinal da cruz diante dessa jogatina audaz e fujo pra rua. Nem o consolo de fazer ginástica me resta, porque a Associação está fechada.

A rua

A rua onde moro se chama Buenos Aires. Pois ainda que embaixo de "Buenos Aires" pusessem "República Argentina", como nas cartas, esta rua não seria menos aporrinhante, triste e chata que as 100 mil ruas deste Rio de Janeiro, sem jardins, sem pássaros, sem alegria.

Anoto:

Dois meninos descalços, cor de chocolate, que brincam no meio do asfalto da rua. Muitas mulheres descalças na sacada de um primeiro andar, com os cotovelos apoiados no peitoril. Não sei o que estão olhando. É possível que não estejam olhando nada. Um turco vende uvas em uma esquina. Três mulatos em uma leiteria inclinam a cabeça sobre três xícaras de café. Olho pela milésima vez a fachada das casas, de pedra. Os arcos de pedra. As colunas de pedra. Pedras... Negros e meninos descalços. Volto a me benzer. Me lembro da jogatina doméstica. Um tostão por um "full"! Estou farto de tanta virtude. Materialmente farto...
Entro em uma praça cercada por uma grade. Alta e robusta. A grade, que deveria estar na jaula dos leões, não aqui em uma praça. De repente, em meus ouvidos, ressoa o estrépito de uma corneta. É um automóvel que cruza a praça. Aqui os automóveis podem andar pelas praças. Senhor! Seja feita a sua vontade assim na terra como no céu! Tenha piedade de seu humilíssimo servo Roberto Arlt, já "cheio" das belezas brasileiras.

E continua

Uma roda de meninos e meninas de todas as cores e idades brincam de algo que deve ser muito parecido com "a viuvinha de San Nicolás, quer se casar e não sei com quem". Senhor, perdoe nossos pecados, assim como nós perdoamos aos nossos devedores! Uma roda de paspalhões, com e sem barbas, se colocam em torno do círculo com as mãos cruzadas atrás. Em um gramado, um animalzinho que tem o corpo parecido com uma berinjela e a cabeça de um rato brinca no meio do verde. Mais adiante, três monstrinhos como este pararam ao pé de uma palmeira. Caminho. Não sei se estou na África ou na América.

E continua

Em um banco de pedra, um negro vestido de luto. Ao lado, uma negra vestida de rosa. Ao lado desta negra, uma anciã cor de carvão. O "grone", que usa óculos com armação de tartaruga, segurou a mão da negra de rosa e, mostrando magníficos dentes, lhe declara seu amor eterno. O "grone" deve se chamar Temístocles. A negra de rosa revira os olhos, e a anciã cor de carvão vira a cabeça pro outro lado. Fujo desse arremedo de Julieta e Romeu, ou Calixto e Melibeia da mulatada, e murmuro:

— Senhor, seja feita a sua vontade, assim na terra como no céu!

E dou o fora.

Em outro banco de pedra, e sem espaldar, vejo um casal branco. Como se não bastasse entrelaçar uma das mãos, eles entrelaçam as duas. Me lembro de *A glória de dom Ramiro* e do frade que murmura, mostrando uma roseira a Ramiro:

– Agora vem a estação libidinosa (Senhor: tenha piedade de seu humilde servo, que só encontra tentações que sobressaltam seu recato). Dou no pé. Não quero que perturbem minha castidade. São seis da tarde. Em todas as pensões e restaurantes há gente comendo. Passo em frente a tabernas que devem ser os infernos do estômago. Em frente a um restaurante que provocaria uma úlcera não apenas no duodeno, mas também em uma chapa de aço ao cromo-níquel. Em um deles vejo este letreiro: "*Puchero* à espanhola". Comer *puchero* no Brasil é tão difícil quanto devorar caviar em Buenos Aires. Passo longe. Vou embora murmurando uma ladainha de palavrões.

Quem me mandou sair de Buenos Aires? Por que fui tão otário? Não estava tranquilo e sossegado por lá? Ah, juventude, juventude! Lembro de Guzmán de Alfarache que, quando era rapaz, saiu pedindo esmola à uma da tarde e tudo que encontrou foi um tacho de água quente com couves, que um criado jogou na sua cabeça. E as palavras que lhe dirigiu um velho mendigo:

– Isso aconteceu porque você procurou sarna pra se coçar.

Nove da noite. Gente que espera o bonde pra ir dormir. Ruas desertas. Meia dúzia de entediados em cada café. Janelas iluminadas. Me lembro do carteado na pensão, e digo a mim mesmo: "Em cada casa destas deve haver uma jogatina de tostões." Acendo um charuto de 2 mil réis e chupo a fumaça furiosamente.

O que estou fazendo nesta cidade virtuosa, podem me dizer? Nesta cidade que não tem crônica policial, que não tem ladrões, trapaceiros, vadios, gatunos; nesta cidade onde cada próximo ganha o seu feijão e presenteia um filho bimensal ao Estado? O que estou fazendo aqui? Porque aqui não há ladrões. Entendem? Não há vigaristas. Não há gatunos. Não há crimes. Não há acontecimentos misteriosos. Não há "batoteiros". Não há traficantes de escravas brancas. Não há a melhor polícia do mundo. O que estou fazendo nesta cidade tranquila, honesta e crédula? Sento em um café. Peço qualquer coisa. Medito tristemente olhando a calçada lustrosa e órfã de gente. Coço a ponta do nariz. E digo a mim mesmo, pela centésima milésima vez, o que posso escrever sobre o Brasil? O elogio do trabalho? Não é possível. O que dirão todos os vadios portenhos se eu fizer o elogio do trabalho sem sábado inglês, sem jogatina, sem nada? Nem pensar. Escreverei sobre os negros? A quem interessam os negros, a não ser a seus confrades, os contínuos do Congresso? Escreverei sobre as "meninas"? Meu diretor me dá uma bronca, diz que estou ficando "excessivo", e meu diretor não sabe que encontro paz e calma em uma hora diária de ginástica brutal. O que estou fazendo, podem me dizer? Acho que voltar é o melhor que eu faço.

Divagações e locomotivas de fantasia

24/4/1930

Aqui, nem as locomotivas conseguem ser sérias, como seria de se esperar da severa petulância da engenharia mecânica. Nem as locomotivas! Como se não fosse suficiente o colorido dos morros, das mulheres e dos crepúsculos que acendem a cidade de chuva rosada ou verdosa, enfeitaram também as locomotivas. E com lacinhos! Estou dizendo a verdade.

Na estação

Me dirigi à Leopoldina. Fui tomar o trem na estação Pedro II. Na entrada, um futum de negro suado me invade o nariz. É um galpão imenso, com uma multidão que vai e vem o dia inteiro. As frutas fermentam nos cestos dos vendedores. Os trilhos descrevem curvas, de modo que não são desengatados para voltar por uma via contrária, mas entram na estação e fazem a curva. Nuvens de fumaça, sujeira para tudo quanto é lado. (Que fique registrado que não quero falar mal, me limito a reproduzir quase fotograficamente o que vi.)

Vinte quilômetros de viagem. Ida e volta em primeira classe. Trinta centavos. Você compra a passagem e entra na plataforma. Chega a composição, e quando você dá por si, há gente até pendurada nos estribos. Então você se resigna a esperar outro trem, e examina a locomotiva. Cúpula de bronze. Em frente à chaminé, uma lira de bronze. Outras vezes este enfeite é substituído por uma cornucópia. Outras vezes, por outra figura. As alavancas da máquina ficam expostas. Você vê seus rins, seu ventre. Em cima dos para-choques, duas hastes pintadas de cores serpentinadas, vermelho, verde, amarelo. Os para-choques, de vermelho. Os canos, de azul. Junto à válvula de segurança, um sino lustroso parece fundido em ouro. Você olha o sino e franze a cara. "Para que serve o sino?", se pergunta. E o sino serve para avisar do perigo quando o trem se aproxima da estação. Você vê o foguista que, desesperado, puxa e solta a corda do sino. Assim deviam ser os trens nos tempos de lorde Beaconsfield, o excelente ministro da rainha Vitória. Muita água correu debaixo da ponte desde então até agora; mas a culpa não é minha. A locomotiva tem mastros ou bandeirinhas, sino e lacinhos. Se não acredita, venha até aqui. Ah! O maquinista se confunde com o foguista e o foguista com o carvão, mas este fato não tem importância. Quem não é negro ou quase negro aqui?

Lá dentro

Se o leitor tem a desgraça de viajar de primeira classe, ao entrar no vagão tem que tapar o nariz. Não sei como são os vagões de segunda. Acho que meu diretor mandaria pro cesto de lixo uma crônica que versasse sobre os vagões de segunda. Bom; imagine o leitor assentos de palha amassados, madeiras que se soltam... Perguntei a meu companheiro se os vagões não foram construídos com carrocerias de automóvel, e me disse que não; mas suspeito que sim. E uma sujeira que espantaria Hércules; e olhe que Hércules limpou totalmente sozinho as cavalariças do mui sebento rei Augias. Uma sujeira que dá medo, nos vagões de primeira classe. Dos de segunda, não tujo nem mujo. Falo dos vagões de primeira.

Os guardas, gente boa. O trem arranca e se há lugar para sentar se recostam e conversam com os passageiros, ou melhor, com as passageiras amigas. De repente, o sino começa a dar o alarme. Você olha pela janela e aparece uma plataforma, o sujeito do sino o sacode freneticamente, e entre um descompassado guinchar de freios e sacudidas da locomotiva, o trem para. Na hora de sair o sino não toca, nem há apito; o trem se põe em marcha quando o maquinista tiver comprovado com os próprios olhos que não há mais passageiros para subir.

Um fedor acre, catingoso, flutua por todo lado. Olhei meu companheiro e disse:

– Mas esta pestilência, de onde vem?

Ele, por sua vez, me olhou e muito amavelmente me respondeu:
— Este cheiro deve ser do carvão da locomotiva.
— Mas é que em Buenos Aires o carvão não tem este cheiro...
— Devem usar outra marca...
— Ah!...
O guarda foi engolfado novamente em uma interessante conversa com uma indígena mestiça do Congo. Como não lhe agradava estar sentado, se deita no assento. O trem, sacudindo para todos os lados e fazendo um estrépito infernal, avança ao longo da montanha. Nos flancos da montanha e das serras está o subúrbio operário. Vinte quilômetros. Percorri 20 quilômetros? Sob o sol africano, este povoado miserável, pedregoso, com ruas que sobem em escadarias, com bananeiras que balançam à beira de córregos de água podre e barracas de pano, combina perfeitamente com a locomotiva e os vagões de primeira classe. Dos de segunda não vou falar, não vi; e não quero desancar a mercadoria sem tê-la visto. Mas se na primeira é assim...
É hora de ir dormir. Até amanhã.

Castos entretenimentos

25/4/1930

No Rio me entretenho casta e recatadamente. Pareço aluno do Sacré Coeur, se houvesse escolas do Sagrado Coração para homens. E onde me divirto casta e recatadamente é no restaurante Labarthe. Insisto: me divirto imensamente, observando três pessoas.

Os três

Dá gosto olhá-los. Juro que dá gosto e deleite imenso ver como se dão bem os três: o esposo, a esposa e o amigo de ambos. Dá gosto e edifica o coração ver tanta harmonia humana. Os três almoçam e jantam todos os dias na caverna Labarthe, em uma mesa que o sucessor de Labarthe já ordenou que seja reservada a eles, chova ou faça sol. O coração se dilata e sorri de satisfação ao ver como é possível e verdadeira a amizade humana e os afetos que os malditos materialistas negam com insolvente contumácia. Digo que dá gosto olhá-los. Eu, que me enveneno a prestações na caverna Labarthe, 100 metros antes de chegar digo a mim mesmo:
— Devem estar no primeiro prato.

E me deleito casta e recatadamente. Não sei por quê. Quiçá porque minha bondade acha lindo o espetáculo da ternura humana. Possivelmente porque, como sou um homem puro, aspiro aos espetáculos que elevam o coração com um panorama celestial. E, que diabo, toda a minha pureza e meus limpos pensamentos encontram na mesa dos três um campo propício para madurar santos pensamentos. E me deleito casta e recatadamente. Dá gosto olhá-los. O amigo, sempre barbeado, baixinho, gordinho, o nariz arrebitado, as botinas lustradas, as bochechas resplandecentes, os olhos que dançam de felicidade; o marido, com barba de três dias, paletó puído, silencioso. Ela, fresca, carnuda, alta, comestível em alto grau.

Quando se levantam, o marido apanha o chapéu, enquanto o amigo galante, por sua vez, ajuda a esposa de seu bom companheiro a colocar o casaco. Depois fica esperando que saiam, com os olhos que dançam, as bochechas resplandecentes. É tão ciumento da honra de seu amigo, que quando alguém observa a senhora ele se irrita e olha furiosamente.

E saem. À noite, voltam. Sempre assim, sempre em boa amizade, em doce colóquio. Dá gosto olhá-los. Eu, que sou inocente como uma criança, me deleito casta e recatadamente ao vê-los. Eu me dou conta de que a amizade é um dos mais belos presentes que Deus fez ao homem.

Os sucessores de Labarthe

Hoje confessei um dos sucessores de Pierre Labarthe. Digo que confessei, porque ardia de curiosidade para saber de que modo estes trapaceiros compraram o envenadouro do finado Pierre.

Certa ocasião em que estava almoçando (o trio havia se eclipsado), se aproximou da minha mesa um dos donos, um português com calos nos pés, nariz fofo e grandote, olhos licorosos e bastante corcunda. Me perguntou se eu estava gostando da comida e, como sou sumamente sincero, respondi que na sua taberna até o presidente dos Estados Unidos do Brasil podia comer sem perder a saúde, ao que o homem se inclinou agradecido e me disse:

– Muito obrigado.

E comecei a receber a confissão:

– Quer dizer que o senhor e seu sócio foram antes funcionários neste restaurante?

Evitei dizer que ele havia sido "garçom" para não falar em corda na casa do enforcado. Além do mais, aqui qualquer energúmeno que tenha um emprego não é "empregado" e sim "funcionário". Aqui amaciam as pessoas com conversa mole e títulos, não com dinheiro.

Outro sujeito, cujo patrão o obrigava a trabalhar 14 horas diárias por uma mixaria, acrescentava:

– Sim; mas tenho a responsabilidade e o título de primeiro chefe.

Tive vontade de perguntar se com o título de primeiro chefe podia comer de graça; mas não o fiz já que isso seria menoscabar o legítimo orgulho que lhe proporcionava a espalhafatosa nomeação. Mas, voltando a nosso relato, digo: então, o de nariz de beterraba e olhos licorosos me explicou que sim, que ele foi funcionário durante longos anos no mencionado restaurante até que o comprou de Labarthe, por 80 contos de réis (1 conto são 300 pesos argentinos). Ou seja, 24 mil pesos.
– E onde arranjaram esse dinheiro?
Quase que, em vez de "arranjaram", digo a ele: onde roubaram tanto "arjã"? E então o homem, com um gesto piedoso, se explicou. Ele e seu companheiro tinham 20 contos cada um, ou seja, 12 mil pesos de economias... à razão de 6 mil pesos por quatro patas, digo, por cabeça. Buscaram outros 20 contos, e Pierre Labarthe abiscoitou de repente, de uma tacada só, os 24 mil pesos, e bateu as botas. Bateu as botas deixando 30 mil contos, ou seja, cerca de um milhão de pesos em moeda argentina.

Harmonia

É preciso ver com que harmonia convivem estes dois fornecedores das clínicas de câncer e funerárias. Atendem no caixa em turnos: uma semana um, outra semana o outro. Vigiam o serviço com mais olhos do que Argos, tratam os garçons como se fossem cachorros, não homens, e cachorros sarnentos ainda por cima. Já vi muitos patrões, de toda laia, mas déspotas como esses inverossímeis piolhos ressuscitados, nunca.

Com os clientes, gastam amabilidades de escravo. Quando você entra, o que está no caixa acena com a mão; o outro corre ao seu encontro e apanha seu chapéu. Você acha que está faltando algo na mesa, quando vai pedir, já se avizinha um dos sócios com a mercadoria na mão. Se antecipam aos desejos. São perfeitíssimos. Para estes hereges, o cliente é Deus. Ladram – não há outra palavra – para os garçons e mordem seus calcanhares como os mastins fazem com as ovelhas. Cada semana muda o pessoal.

Às oito da noite contam o dinheiro. Com as moedas fazem pacotes, com as notas, maços que rotulam. Falam devagar entre eles. Bisbilhotando, descobri que uma noite um compra o jornal e depois passa ao outro, na noite seguinte, vice-versa. Chego a supor que até para usar a lâmina de barbear se revezam com essa precisão. São felizes, não leem livros, ignoram o que é filosofia e são uns unhas de fome.

Que lindo país!

26/4/1930

Não sei se os leitores se lembrarão que uma vez um amigo meu, chofer, foi dominado por vários senhores que o obrigaram a dar umas voltas, testar a velocidade do carro, e depois lhe disseram:
– Que lindo carro pra "aprontar"!

Reflexões

Não sei se também já contei que tinha um amigo ladrão, técnico da gazua, que me apresentava problemas como estes:
– De que maneira você entraria nesta casa? Como abriria esta porta de aço?
Era um gênio! Vá saber a que alto cargo seu talento o levou! Talvez seja agora bibliotecário em alguma prisão.

Bom: percorrendo muitas vezes estas ruas do Rio de Janeiro; parando em frente a vitrines de joalherias que têm vários contos de réis em pedras preciosas, relicários de platina, pulseiras de ouro maciço, cristais de todas as cores, mais de uma vez me passou pela cabeça esta frase:

– Que lindo salão pra "aprontar"! Que rua tão deserta! Que magnífico túnel se poderia fazer, em um só dia, nessa rua tão estreita! Aqui a vigilância é escassa. Você pega um jornal de manhã ou de tarde, e nem sombra de crônica policial. Não há ladrões. O magnífico e sempre atual conto do bilhete de loteria, do legado do defunto, da herança do tio; o ardil da falência fraudulenta, da carteira com dinheiro, a sutileza do conto do vigário, da máquina de fabricar grana, não têm no Rio nem cultores, nem professores, nem acadêmicos. Os únicos acadêmicos são os da Academia de Letras... que não roubam ninguém, a não ser literariamente. E isso não se chama "roubo", e sim "plágio".

Neste sentido caminho admirado e digo a um amigo:
– Mas me conte, aqui não há profissionais no ramo de arrebentar cofres? Veja essa joalheria. Quem não vê, de longe, que ela é perfeita para um assalto em bando, à mão armada? Veja só esse banco solitário. Essa casa que trabalha só com pedras preciosas, e que ao lado tem um cortiço de quinta... Um simples buraco na parede...

Meu amigo é brasileiro. Me olha espantado e abotoa o casaco. Continuo:
– E a rua sem vigilância! As pessoas que vão dormir às sete da noite. Uma noite inteira para trabalhar. É um pecado, amigo, não assaltar essa joalheria.

Gente feliz

Gente feliz! Cem vezes feliz. Nos jornais, só leem as questões relacionadas com política. A polícia, quando tem trabalho, é porque aconteceu um drama passional: ele, cadáver; ela, morta; o amigo, presunto também. Enfim, a eterna trilogia que Deus não pôde conceber no Paraíso, porque no Paraíso só existiam Adão e Eva e no dia em que apareceu um terceiro, a serpente, já se armou a confusão. Se em vez de serpente fosse um homem, a raça humana não existiria. Fora disso, a delinquência é reduzidíssima. O trabalho da polícia se limita a expulsar os comunistas, vigiar os nativos chegados nessas ideias e dirigir o tráfego.

Uma vez ou outra estoura uma revolução; mas isso não tem importância. Revolucionários e legalistas têm o bom e perfeito cuidado de sempre deixar entre si uma distância razoável, de modo que a opereta continua até que os revolucionários cheguem a um território neutro. E como para chegar a território neutro atravessam milhares de quilômetros, uma revolução costuma durar um ou dois anos sem que por isso a sociedade tenha que lamentar o desaparecimento de nenhum de seus benfeitores.

Às vezes estoura também um crime bárbaro. Aparece algum desses monstros que reúnem em torno de uma só pessoa, quase imediatamente, um regimento de médicos legistas. Não é mandado pra prisão, mas sim pro manicômio de loucos delinquentes. As famílias comentam o fato durante um mês, depois se esquecem e a doce vida segue seu ritmo, do trabalho à casa e vice-versa. As pessoas vão uma ou duas vezes por semana ao cinema. Os cinemas são pequenos como bomboneiras e não têm teto corrediço, exceto um. Suamos tanto no interior dessas joias cinemáticas, que ir ao cinema inclui também a vantagem de tomar um banho turco. Os namoros são longos e seguros. Há leis tremendas que defendem as mocinhas contra quem lhes passar a perna. Grossas indenizações pecuniárias, cadeia ou casamento. E a lei não é nada, mas nada indulgente nesse sentido. Infeliz daquele que se mete a brincar de namorado e depois quer se fingir de morto. Acaba morto mesmo. Ou se casa ou lhe metem em cana, sem conversa, a menos que fuja do estado. Daí essa liberdade magnífica que os namorados têm. As famílias não têm nada a perder. Bom; sejamos consequentes. Também, se não fosse assim, com o calor que faz e com os temperamentos que existem, isto seria um "disparate rindo à toa", como dizia outro amigo meu, andaluz ainda por cima.

Essa agressividade

Nicolas Olivari, o poeta de *La musa de la mala pata* e de *El gato escaldado*, que esteve no Brasil, me disse uma vez:
– Não há sujeito mais chato nem mais agressivo que o portenho. Nossa gente anda pela rua como se quisesse sair no braço com alguém.

E é verdade. Está em um estado permanente de agressividade contida. Nos bondes, nos trens, nos ônibus, a tromba de todos é a mesma. Vontade de arrumar confusão com alguém. Aqui, não sei se pelo clima ou pela educação, o povo é doce, manso, tranquilo. Você viaja em um trem carregado de gente pobre, e em 15 minutos, se quiser, pode estar batendo papo com todo mundo. Eles vão te atender gentilmente, amavelmente. Até o tratamento pessoal é respeitoso. Nós dizemos *vos hablás*, eles se chamam "o senhor", assim, em solene terceira pessoa.

Não há teatro, o que nós chamamos "teatro nacional", ou seja, *sainete* e obras representativas de nossos costumes e cultura. Nos teatros, são representadas obras estrangeiras.

Enfim; as pessoas vivem tranquilas, quase felizes. O pobre resignado com sua sorte não pensa ou não sabe que existe uma possibilidade de melhoria social; e o empregado, o mesmo... E assim... vá saber até quando! O serviço militar é obrigatório, mas ninguém se apresenta. Enfim, um paraíso, sem obrigação nenhuma.

Dois trabalhadores diferentes

27/4/1930

Todo mundo pensa que o trabalhador do Rio de Janeiro é igual ao de Buenos Aires; no entanto, estão enganados. Notem que não me refiro ao trabalhador rural, mas sim ao urbano. Neste caso, a comparação é válida exclusivamente para os trabalhadores do Rio e de Buenos Aires. Não sei se em São Paulo, na Bahia, em Pernambuco ou em Manaus, o trabalhador é diferente. Feita esta ressalva, vamos ao ponto.

Impressões das bibliotecas

Conversando com jornalistas de *O Jornal* e do *Jornal da Noite*, eu contava que em todos os bairros de nossa capital, em Parque Patrícios, Mataderos etc., há centros operários para cada categoria profissional. Esses centros, alguns minúsculos, dizia eu, contam com uma modesta biblioteca, na qual se encontram livros de Zola, Spencer, Reclus, a *Biblioteca Roja*, Semper, a coleção *La cultura argentina*, fundada por Ingenieros e, por fim, manuais de cultura popular até dizer chega. Dizia também que o trabalhador argentino, portenho, lê, procura se instruir ainda que superficialmente, ingressa num sindicato, e quando sai do trabalho põe terno, passando por funcionário. Isso acontece com os mecânicos, pintores, gráficos, sapateiros etc.

Aqui no Rio, não se vê nada disso. O trabalhador não lê, não se instrui, não faz nada para sair de sua paupérrima condição social, na qual a roupa de trabalho é como um uniforme, que ele só tira para dormir. E consta que a população do Rio é igual à de Buenos Aires, em termos numéricos.

É preciso levar em conta esse dado para se ter ideia do fenômeno que descrevo, no que diz respeito à cultura popular. Aqui, não há jornal com tiragem diária de 150 mil exemplares. Compare isso com a tiragem dos nossos rotativos: *El Mundo, La Nación*, *La Prensa*, *Crítica* e outros, e o leitor terá uma ideia de quanto se lê em Buenos Aires e de quanto se lê no Rio. Em *O Jornal*, me contavam que aqui, antes do lançamento de um novo jornal, um dos aspectos envolvidos no negócio é a previsão de exemplares vendidos, enquanto em Buenos Aires a venda dá prejuízo aos jornais e a publicidade, lucro.

Interrompi a redação da crônica para mostrá-la ao senhor Nóbrega, de *O Jornal*. Ele leu, e exclamou:

– Tem razão. Mas no dia em que esses 40 milhões de brasileiros souberem ler, o Brasil será um perigo. Já sabem disso, na América do Norte...

E talvez o Nóbrega tenha razão.

Voltando ao operário

O operário do Rio de Janeiro vive para trabalhar, comer e dormir. Mistura de branco e negro, quase sempre analfabeto, ignora o que é comunismo, socialismo, cooperativismo.

Os leitores se lembrarão que eu, em mais de uma crônica, fazia piada com nossas bibliotecas de bairro e com nossa superficialíssima cultura. Agora, percebo que é 100 mil vezes preferível ter uma cultura superficialíssima a não ter nenhuma. Nossos críticos de teatro também exercem uma ação negativa. Criticam o *sainete*, que tanto atrai o interesse do nosso público. Incapazes de escrever uma cena, por medíocre que seja, vivem falando de arte e se esquecem do povo. (Os brasileiros ficariam orgulhosos e felizes de ter um Vacarezza.) Já entre nós, o operário costuma ir ao cinema e ao teatro – mais ao teatro do que ao cinema. Chega em casa e comenta aquilo que viu. Os filhos escutam. Cria-se uma atmosfera cultural. Mas, que estou dizendo? Ela já existe! Na Associação Cristã de Moços de Montevidéu, um senhor chileno, falando de seu país, me disse:

– Nossa cultura tem profundidade, mas não tem nenhuma extensão. A de vocês, argentinos, é superficial, porém extensíssima. Para um povo em formação, é preferível a extensão à profundidade. Esta virá com o tempo.

E tinha razão.

É preciso viajar para se dar conta de certas coisas. As boas e as ruins. Em nosso país, os teatros, jornais, romances, contos, revistas estão formando um povo que faz a gente, que está longe daí, sentir orgulho de ser argentino. Aqui, o operário nem sonha em ir ao teatro. Não lê, tampouco. Entendem o que estou dizendo? Teatro, leitura são luxos reservados àqueles que têm dinheiro... enquanto em Buenos Aires, em dia de ópera, não há pedreiro que não suba ao "galinheiro" do Marconi, ou do Pueyrredón de Flores, para depois sair do teatro cantarolando a melodia com que exibe seus sofríveis dotes de tenor.

Conclusões

O operário argentino alcançou em seu país não uma posição social, mas comodidades que aqui são restritas a uma classe social. Operário ou funcionário, em Buenos Aires, dá no mesmo. Aqui, não. O operário é uma coisa que se veste mal, trabalha muito e vive pior. O funcionário também – trabalha muito, vai ao cinema uma ou duas vezes por mês, muda de roupa ao deixar a repartição e não sai de casa até o dia seguinte.

Nosso operário é discutidor porque entende de questões proletárias. Faz greve, defende furiosamente seus direitos, estuda, bem ou mal; manda os filhos para a escola e quer que seu filho seja "dotô" ou que ocupe uma posição social superior à sua. Se veste pelos padrões do funcionário, principalmente os jovens operários, mais evoluídos que os velhos. Já disse... operário... funcionário... dá no mesmo, em Buenos Aires. Com a diferença, é claro, que o operário ganha mais e não é abandonado à própria sorte, como acontece com o funcionário.

Em Buenos Aires, estamos acostumados a esse espetáculo e nos parece a coisa mais natural do mundo. Venham ao Rio, porém; conversem com gente culta sobre esse problema, e todos, sem exceção, mesmo o mais patriota dos brasileiros, dirá:

– Tem razão. O nível cultural do trabalhador argentino é imensamente superior ao do brasileiro.

E, de repente, nos damos conta disto: que os escritores ruins, os jornais ruins, as peças de teatro ruins, toda essa escória intelectual que o grande público devora faz bem e não mal ao país. Os filhos daqueles que leem bobagens amanhã vão ler coisas melhores. Esse lixo é um adubo, não se deve desperdiçá-lo. Sem adubo, as plantas não dão belos frutos.

Coisas do trânsito
28/4/1930

No Rio de Janeiro o trânsito é bastante diferente do de Buenos Aires. Antes de tudo, não há carroças na cidade. O transporte se faz quase totalmente em caminhões.

Sincronização

O tráfico está sincronizado, ou seja, não há guaritas com guardas de trânsito. Em cada cruzamento, uma coluna com luzes vermelhas e verdes indica quando os carros devem parar e quando o caminho está livre. Este semáforo orienta também o público, e não sei como não morri esmagado, porque nos primeiros dias não me dava conta do fenômeno e atravessava a rua. Além disso, outro detalhe: na Avenida de Mayo os carros que circulam pela esquerda vão em direção ao Leste e os que vão pela direita em direção ao Oeste. Aqui, é ao contrário. De modo que durante muitos dias você olha na contramão e, é claro, não vê os carros, que vêm pelas suas costas.

Os bondes, em conjunto, fazem ponto final em duas estações. Uma coberta, chamada Galeria Cruzeiro, onde há muitas tabacarias, e outra, a Praça Tiradentes. Nas ruas que rodeiam esta praça abundam os dentistas. Imagino que o nome da praça venha desta vizinhança. (Desculpem a piada.)

Em outra crônica, disse que os bondes eram o que havia de mais barato. Há percursos de 3 centavos, de 6, de 8, de 12 e de 15. Um conselho: quando tomar um bonde de 400 réis, leve comida ou merenda. Você viaja o dia inteiro a uma velocidade fantástica. Um quilômetro após o outro e não chega ao ponto final da linha.

Os ônibus são caros. A tarifa elevada é três ou quatro vezes superior à do bonde. Nos ônibus não há vendedores de passagens. Você entra e se senta, olha em volta e então observa que junto ao chofer há um aparelhinho que é uma coluna quadrada de ferro, com a parte superior de vidro. Esta parte superior deixa ver uma dentadura metálica. Por uma ranhura se coloca o valor da viagem. A dentadura metálica impede que o chofer possa afanar as moedas com pinças ou outro instrumento. De quando em quando sobem no carro uns meliantes que gritam:

– Troco!

Você se sente tentado a gritar: "Quero! Retruco!" Experimente dizer isso e verá, imediatamente, que o homem tira um montão de moedas e oferece troco. Chamam-se "trocadores", e sua missão consiste em impedir que os passageiros, alegando que não têm troco, deem no pé sem pagar.

Os inspetores dos bondes têm um nome mais pomposo. São chamados de "fiscais". Você faz troça da pinta deles e dá vontade de rir. Estes fiscais andam mais maltrapilhos que nossos guardas de ônibus suburbanos. Automóveis, não dá para tomar. É mais barato comprar um terno a prazo. Os choferes passam o dia atrás do teatro Fênix, brincando de amarelinha ou de apostar corrida... mas a pé. O que é brutalmente barato é a navegação. Uma viagem de 20 minutos de barca custa 12 centavos. Uma passagem de 1:20 minutos à ilha de Paquetá, 17 centavos, ida, e outro tanto de volta. A gente navega até se cansar por pouquíssimo dinheiro.

Os veículos aquáticos são barcaças de duas pontes, com bancos laterais. Andam acionados por rodas tremendas. Quando faz muito calor, as pessoas tiram as botinas e o paletó, e aí sofrem as pessoas de olfato delicado ou não acostumadas a essa familiaridade, sobretudo na primeira ponte, onde, misturados com as pessoas, vão carregamentos de móveis, sacos de arroz, de feijão (aqui o prato nacional é feijão misturado com arroz), fábricas ambulantes de sorvete, e um ou outro zebu.

Não sei se vocês sabem o que é um zebu. Talvez o conheçam de nome, se bem que no Zoológico de Buenos Aires há alguns exemplares. Trata-se de um boi africano. Tem corcunda nas costas e grandes chifres, como alguns cristãos. Nos romances de Rider Haggard abundam os zebus. Me lembro que Allan Quatermain, o caçador de *As minas do rei Salomão*, comprou uma dúzia de zebus para ir ao deserto, que olhava de cima dos "Seios de

Sabá". E como este é um animal empregado no trânsito (no trânsito lerdo), vou dizer que à noite, quando você anda perdido por alguma rua dessas que estão a uma légua de sua casa, de repente, no silêncio e na solidão, em algum cruzamento, aparece este boi corcunda na frente de uma carreta monstruosa, que caminha a passos lentos. A seu lado, junto aos chifres, caminha descalço o carreiro, ou zebueiro, com uma pequena lança na mão.

Há também o teleférico. Esse eu descrevi em uma crônica anterior. Ah! Há um submarino brasileiro amarrado no porto. Vou ver se consigo permissão pra visitá-lo, e então descreverei o que é este aparelhinho tão pequeno, miúdo, comprido, com uma torrezinha em cima, retangular, e que deixa pálidos os comandantes dos supercouraçados. Hoje escrevi duas crônicas, fiz uma hora de ginástica, 20 minutos de musculação, 10 de pelota, 30 de ginástica sueca e tenho a carcaça ardendo de cansaço. Portanto, chega...

Chamemos de Jardim Zoológico
29/4/1930

Quero crer que o Jardim Zoológico do Rio de Janeiro não tem diretor. Quero crer que as poucas bestas presas lá não se ofenderão se eu chamar esse pensionato de "jardim", porque juro que jamais havia imaginado encontrar na minha vida lugar mais chinfrim que aquele. É algo fantástico, desmedidamente fantástico, "alucinante" como diz meu camarada, o gênio português. E se não for verdade, se o que digo não for verdade, peçam minha renúncia.

Os aposentos dos leões

Se não acreditam no que vou dizer, apresento minha renúncia, ou peço pra tirarem uma fotografia do aposento dos leões. O leão e a leoa, como um casal sem filhos, ocupam duas *garçonnières*; uma cada um. Estes apartamentos são de tijolo, chão de terra, paredes de 15 centímetros de espessura. Cada aposento mede cinco metros de comprimento; de largura, quatro metros. A altura, três metros... e sem teto....
É de gelar. Vou contar a vocês que dei um pulo quando vi isso. Qualquer dia desses, a leoa, que é cabreirís-

sima, vai nos dar uma dor de cabeça. O aposento não tem teto, a não ser a cobertura azul-celeste natural. As paredes são baixas, um bom salto e *salute, Garibaldi.* Ontem à tarde parece que ela queria dar no pé. Acontece que um "grone", se fazendo de engraçadinho, começou a cutucar a "dona" com um pau. A leoa ficou de pé, e se se esforçasse um pouco acabava livre. Todos nos espantamos, e veio um meliante (suponho que era um guarda) e, armado de uma taquara, começou a dar bordoadas na leoa e a gritar, até que esta adotou sua posição natural, ou seja, a de andar em quatro patas.

E não pensem que são leões de brinquedo. Não. São de verdade, de carne e osso. A grade que os separa de nós, cristãos, tem grossura menor que a de nossas cercas para jardins domésticos. Insisto: qualquer dia desses, vai se armar uma confusão de Deus me livre com essas feras malvadas; e mais de um negro vai pagar o pato. Quanto a mim, não volto mais ao Jardim Zoológico. Bastou uma visita.

Nota esclarecedora – Os dois aposentos, rebocados e pintados de azul, ocupados pelos cônjuges leoninos, têm esse pomposo título: "Vila dos Leões". Haja imaginação! Bom; neste pensionato dos animais, tudo é imaginação, desde o título de "Jardim Zoológico", até o ofidário.

E o ofidário?

O ofidário é uma beleza. Algo digno da fantasia de um mascate persa. Um galpão sujo, construído com tábuas, onde ensaiaram a cor de seus pincéis todos os pintores de brocha gorda que passaram por lá. Neste galpão, metade de zinco, metade de tábuas, pernoitam as cobras. As cobras estão colocadas dentro de uns caixotes que devem ter sido caixotes de óleo em outros tempos, e a tampa não é de vidro, mas de arame trançado de malha muito fina. Isto se presta à seguinte diversão: as cobras gostam muito de dormir, e mais ainda na semiescuridão do galpão úmido. Bom; a diversão consiste no seguinte: é preciso levar uma caixa de fósforos e um charuto. Se acende o charuto e se raspa o tição sobre o arame trançado, em cima das costas das cobras. As chispas caem em cima das víboras e estas se sacodem que é uma beleza. Algumas têm cor ligeiramente bronzeada, outras parecem salpicadas de limalha de aço, finas, elásticas, venenosíssimas. Quando o fogo cai em cima, a língua delas ondula para fora da boca como uma faisquinha negra. Se alguém quiser levá-las embora, ninguém vai se opor pois os guardas brilham por sua ausência. Em uma jaula maior, também forrada de arame trançado, mora uma jiboia que deve ter uns nove metros de comprimento e 30 centímetros de diâmetro. Uma besta monstruosa.

Cubículos dos animais

Exceto pela jaula dos leões, a dos tigres e a de um pobre urso melancólico e solitário, neste parque animal, com declives, cheio de restos de imundícies, tábuas apodrecidas, trapos inúteis, ferros oxidados, as casas dos bichos são caixotes e parecem galinheirozinhos de madeira pintados de azul ou de vermelho. Os animais são escassos; até macacos, quase não há. A extensão desta Arca de Noé (porque assim, em semelhante promiscuidade, deviam viver os animais no tempo do Dilúvio) é de uns quatro quarteirões quadrados. Ali se encontram bosquezinhos semidestruídos, casas de tiro ao alvo abandonadas, ranchinhos, carrosséis entre cujos cavalos de madeira cresce a grama, um restaurante onde nem os animais comem, canais de água podre, árvores derrubadas, galpões solitários, jaulas com pavões reais e plebeus, gatos matreiros (não sei de onde saem tantos gatos, que em cada canto há um aninhado). Olho para cima e do telhado do segundo andar de uma casinhola de madeira vejo pendurado um pedaço de lona apodrecida. Dou com os pés em um monte de barras de ferro oxidadas. De repente me encontro em frente de um cercadinho onde um bisonte morre de tédio, e árvores, ruínas, jaulas, tudo dá a sensação de que entramos em uma espécie de laboratório de animais, na Arca de Noé, no Paraíso Terrestre, mas depois de um ciclone ou do combate que os anjos tiveram com os demônios.

Juro que é de espantar. Juro que o zoológico da cidade de Córdoba é infinitamente superior a este, e que o de Buenos Aires, o nosso, está para esse aqui como Marcel Proust está para o homem primitivo...

Por isso comecei minha crônica com estas palavras otimistas: "Quero crer que o Jardim Zoológico do Rio não tem diretor." Não, não tem. Não é possível.

Pós-escrito – não queria que esta crônica provocasse um conflito diplomático.

Só escrevo sobre o que vejo
30/4/1930

Meu diretor me escreve: "O Rio deve oferecer temas interessantes. Há museus, conservatórios de música, cafés, teatros, a própria vida jornalística..."

Inocência

Inocência. Inocência, precioso tesouro que quando o homem perde não volta a reconquistar. Inocência pura e angelical. Conservatórios, no Rio? Teatros, no Rio? Das duas uma, ou estou cego ou meu diretor ignora completamente o que é o Rio de Janeiro. Tão completamente, que o mínimo que posso fazer é escrever o seguinte: Todos os dias, ando duas horas de bonde, no mínimo. Outras vezes vou às ilhas, outras aos bairros operários. E a única coisa que se vê aqui é gente que trabalha. Cafés? Já mandei uma crônica sobre os cafés. Conservatórios de música? Ou estou cego, ou neste país os conservatórios não têm letreiros, nem pianos. Porque, na minha vagabundagem por infinitas ruas, só uma tarde de domingo na ilha de Paquetá escutei um estudo de Bach em um piano. Já vejo meu diretor segurando a cabeça e dizendo: "o Arlt está mal. Ficou surdo."

Não, não fiquei surdo. Pelo contrário: estou desesperado para escutar um pouco de boa música. E, sucintamente, direi o que não vi.

Busco com os olhos, incansavelmente, academias de corte e costura. Não existem. Busco conservatórios de música. Não existem. E olhem que falo do centro, onde se desenvolve a atividade da população. Livrarias? Meia dúzia de livrarias importantes. Centros socialistas? Não existem. Comunistas, muito menos. Bibliotecas de bairro? Nem em sonho. Teatros? Só funciona um de variedades, e um cassino. Para conseguir que a Junta de Censura Cinematográfica permitisse a exibição da fita *Tempestade sobre a Ásia*, houve reuniões e tumultos. Jornalistas? Aqui um jornalista ganha 200 pesos mensais para trabalhar brutalmente 10 ou 12 horas. Sábado inglês? Quase desconhecido. Reuniões nos cafés, de desocupados? Não existem. Tiragem máxima de um jornal: 150 mil exemplares. Quero dizer "tiragem ideal": 150 mil exemplares, porque não há jornal que tire isso.

Não estamos em Buenos Aires

É preciso se convencer: Buenos Aires é única na América do Sul. Única. Tenho muito o que escrever sobre isto.

Lá (e disse isso aos jornalistas daqui), lá, no mais ínfimo bairro operário, você encontra um centro cultural onde, com uma incompetência assombrosa, se discutem as coisas mais transcendentais. Pode ir a Barracas, a Villa Luro, a Sáenz Peña. Qualquer cidade do interior de nossa província tem um centro onde dois ou três filósofos baratos discutem se o homem descende ou não do macaco. Qualquer operário nosso, pedreiro, carpinteiro, portuário, tem noções, e algumas bem sólidas, do que é cooperativismo, centros sociais et cetera. Leem romances, sociologia, história. Aqui isso é totalmente desconhecido. Aqui? Aqui, a única frase que se ouve na boca de gente bem ou malvestida, meu senhor, é a seguinte:

– Se trabalha...

Onde quer que você vá, escuta essas palavras bíblicas.

Vejam: na Associação Cristã de Moços de Montevidéu, todas as noites se armavam umas tremendas discussões sobre comunismo, materialismo histórico et cetera. Praticamente não há estudante uruguaio que não tenha preocupações de índole social. Aqui, isso não existe. O operário, pedreiro, carpinteiro, mecânico vive isolado da burguesia; o empregado forma uma casta, o capitalista outra. E, como dizia em uma nota anterior, os operários nem de brincadeira entram nos cafés onde vai a "gente de bem". Há bondes de primeira classe e bondes de segunda. Sim, bondes. Nos de segunda classe, viajam os operários. Nos de primeira, o resto da população. Não confundir com vagões de primeira, mas sim um conjunto: locomotiva e dois ou três vagões acoplados de segunda classe. E isso ocorre no Rio, onde há dois milhões de habitantes. Quando me disseram que o Rio tem 2 milhões de habitantes, eu não podia admitir isso. É que estava pensando em Buenos Aires. Me falaram do Jardim Botânico como se fosse a sétima maravilha. Fui vê-lo e me deixou frio. É completamente inferior ao de Buenos Aires. Fui aos bairros operários e fiquei aterrorizado. Durante vários dias caminhei com essa visão nos olhos. Fui aos bairros de quatro quarteirões quadrados, onde se exerce a vida fácil, na companhia de um médico.

Isso é o inferno. E quando saímos de lá, o homem me disse:

– E você sabe que aqui nunca chega a inspeção médica?

– Como! Não há inspeção municipal?

– Não. Nem todos os médicos do Rio dariam conta. "Se trabalha." Essa é a frase. Se trabalha brutalmente, das oito da manhã às sete da noite. Se trabalha. Ler, nada. Escrever, pouco. Os jornalistas têm outros empregos para poder sobreviver. Não há ladrões. Os poucos crimes que acontecem são passionais. As pessoas são mansas e educadas. Mais ainda: as casas de rádio que infectaram nossa cidade, porque no último botequim do último bairro se encontra um alto-falante aturdindo a vizinhança, são escassas aqui. Se não acredita, venha ao Rio e olhe os telhados das casas. Quase não verá antenas. Passeie pelas ruas. Não ouvirá música.

"Se trabalha." E depois todos vão dormir. Isso é tudo; isso é tudo, compreendem? É preciso ter vivido em

Buenos Aires e depois sair dela para saber o que vale nossa cidade. E depois os críticos literários se indignavam com o que Castelnuovo contava em suas escassas páginas de uma viagem pelo Brasil. O que Castelnuovo disse não é nada. O que Castelnuovo viu em *La Charqueada* se vê aqui, no Rio, em qualquer lugar. Isso, e muitas coisas mais que Castelnuovo não contou. Sobretudo no que se refere à vida social do povão.

"Se trabalha..." Isso é tudo.

E nada mais.

Recomendo para combater o calor
1º/5/1930

"Creio que devo contar ao leitor, ponto por ponto, sem omissões, sem efeitos e sem lirismos, tudo quanto faço e quanto vejo." ("La Mancha", *Páginas Escolhidas*, Azorín)

Escrevia assim o simpático Azorín quando o diretor de um jornal espanhol o mandou passear, como o diretor de *El Mundo* fez comigo. É conveniente que haja diretores de jornal assim. Quando morrerem, as pessoas se lembrarão deles dizendo:

– Fulano? Era muito bom... Por causa dele fui a X... Não importa se X é o Brasil ou a Alemanha.

Bom. Mas eu não ia contar isto, e sim o seguinte: é tão disparatado ir ao Brasil fazer ginástica sueca quanto plantar bananas no Polo. E, no entanto, todos os dias me torturo com uma boa hora de ginástica. Sim, senhores; 60 minutos, sem enrolação nem desconto.

É preciso

Meditei por seis dias se iria ou não me desconjuntar na Associação Cristã de Moços Brasileiros. Seis dias, em cujo lapso não sei quantos mil réis dilapidei em refrescos, laranjadas e sorvetes. Nem à sombra, nem ao sol, encontrava alívio pro calor que derrete o juízo de todos os homens do Sul que aqui chegam. E disse a mim mesmo: "Se continuar assim, ou meu estômago estoura de tanta porcaria que estou comendo, ou fico reduzido a uma expressão mínima, vale dizer: mais fino do que 5 centavos de queijo."

Tentei o método dos banhos. Não dão resultado. Fui a Copacabana. Aquela história das moças de Copacabana é um engodo. Vi algumas tomando banho e não causam nenhum efeito. É inútil: a mulher, para ser interessante, tem que estar vestida. Bem sabia o diabo quando sugeriu a São Mael que os pinguins fêmeas passassem a usar vestido. E São Mael caiu na conversa de Satanás.

Adotei o sistema de ficar imóvel horas e horas no catre, como um Buda debaixo da figueira. Contei todas as rachaduras do forro; todos os nós do franzido de uma cortina, e nada. O cangote suava como o de um burro de carga.

Tendo visto e comprovado empiricamente que os sistemas falhavam totalmente, e que se continuasse assim acabaria magro, esquálido, e sei lá quantas outras coisas (somado ao agravante de que quando você sai pra rua começa a sintonizar com toda mulher que passa e olha), na tarde de primeiro de abril agarrei meu calção, as alpargatas e a camiseta de fazer ginástica, e zarpei pra Associação.

Sessenta minutos

Desde então me castigo com 60 minutos de ginástica diária. Isto sem contar a que faço antes de ir dormir e ao me levantar. Acho que sou um herói. Faço ginástica no Brasil! Resignadamente, como quem vai pro suplício, me encaminho todas as tardes pra ACM (tem um régio edifício). Troco de roupa, desço até o porão e começo a trabalhar nos aparelhos. Levanto e abaixo uns pesos endiabrados. Primeiro em pé, depois de costas, depois deitado, semideitado, na diagonal. Gotas de suor gordas como feijões escorrem pelas costas e pelo peito.

E como a arte está no matiz, em pouco tempo começo a trepar que nem um macaco por uma parede de barras redondas, e faço flexões pendurado pelos braços. Este é um regime supimpa para ficar pele e osso. Recomendo aos gordos.

Depois me deito no chão de concreto armado. A gente fica como se tivessem nos aplicado uma senhora surra. E quando você começa a respirar, soa o apito do professor de ginástica chamando pra aula, porque o que você fez é aula individual e não vale. E aí são outros 30 minutos de tortura consciente e organizada, com pesos e pedaços de madeira. Depois, trotes variados, trotes de todos os matizes e estilos. Quando termina, uma ducha de água fria, que aqui não é como em Buenos Aires, onde há água quente. Nada! Água bem fria. Recomendo isto aos neurastênicos e cocainômanos.

E você sai pra rua

E você sai pra rua, com garbo gentil e majestosa austeridade. Claro, depois desse trabalho todo de flexões, arqueamentos, pulos, alongamentos de pernas e braços, tensão dos músculos e sei lá o que mais, o esforço de caminhar resulta insignificante. Você não sente o corpo, por mais calor que faça. Como sentir, depois de semelhante tortura? E é a única forma de se manter bem. Senão, estamos fritos. Sobretudo nós, os "de clima frio".
A temperatura, aqui, deixa o homem do Sul esgotado. Entenda: até os nativos que deveriam estar acostumados sentem o efeito, quanto mais nós... Nos primeiros dias depois de chegar a esta cidade, você caminha com a cabeça atordoada. Sai de casa todo lépido e fagueiro e, de repente, tudo está dançando diante dos seus olhos. Está mareado de calor, "grogue", este é o termo. Por outro lado, com a ginástica, pode rir do calor! Por mais brutal que seja, o corpo absorve a fadiga, fica mais elástico, mais robusto, e "quem prova aprova".
Eis aqui o único remédio pro cidadão argentino que queira vir vagabundear neste país de "paz e ordem".
Ah! Já ia esquecendo: também dá pra comprar uma geladeira e dormir dentro dela.

A beleza do Rio de Janeiro
3/5/1930

O visitante não consegue entender o que é o Rio de Janeiro sem subir até o Pão de Açúcar. E para tomar a decisão de subir até o Pão de Açúcar, em geral a gente medita durante uma hora. Porque são 300 metros de altura e...

Uma obra de engenharia brasileira

Digamos que o leitor se encontre na avenida Rio Branco e olhe para o Pão de Açúcar, que é uma montanha; não: é a ponta de uma granada gigantesca, cravada na terra pela metade. Um casco de projétil verde. Entre este projétil e o Morro da Urca, há uma depressão imensa, uma espécie de vale coberto de mata. Uma cortina de céu azul; e se o leitor olha insistentemente, distingue entre os dois morros, suspenso, um fio fino, negro. Depois, se o leitor olha muito, vê que por esse fio fino desliza um retângulo negro, velozmente. De repente, desaparece. A ponta do Pão de Açúcar o engoliu. É o teleférico.

Para chegar à estação do teleférico toma-se um bonde. A viagem custa 9 centavos, e você se farta de tanto andar. Além do mais, se cansa de dizer, a cada momento:

"Que incríveis estes brasileiros! Têm um país magnífico, e nem sonham em fazer propaganda para atrair turistas." Bom, chegamos à Praia Vermelha, e lá está a montanha: pedra cinzenta, um bloco sem declive, que cai verticalmente sobre a avenida Beira-Mar. Em frente, uma guarita de concreto armado. Desta guarita saem dois cabos de aço de uns três centímetros de diâmetro. Com um declive de 60 graus mais ou menos. É brutal. Você olha os cabos de aço, o teleférico, e, de repente, pensa: "Se os cabos arrebentam, vão ter que nos juntar com pinças." Uma altura imensa cai sobre sua cabeça. É uma emoção extraordinária subir a essa altura em um declive semelhante. A viagem de ida e volta ao Pão de Açúcar custa 6 mil réis: 1,80 peso em nossa moeda. Bom: você sobe, com certa ansiedade, até a guarita envidraçada. O guarda fecha a porta, e de repente a guarita está acima da calçada. Você achou que sentiria sei lá que emoções, e não sente nada. Uma viagem de ônibus é mais emocionante. Sobretudo quando o volante ou as rodas estão desreguladas.

Agora estamos a 180 metros de altura, e o Pão de Açúcar tapa seus olhos; está à sua frente. Você tem a sensação de que se esticar o braço vai tocá-lo; e entre a Praia Vermelha e o Pão de Açúcar, há uns 200 metros. Dali, e com uma rampa muito mais pronunciadíssima, partem outros dois cabos de aço, que com seu próprio peso traçam uma curva sobre o abismo, enquanto que ao chegar ao cume da montanha sobem perpendicularmente a ela.

E se repete em você a emoção de atravessar suspenso sobre a mata que está lá embaixo. Agora sim vem a parte braba. Mas você sobe no teleférico: o guarda fecha a porta, e o teleférico começa a subir os 200 metros de altura que faltam para chegar ao Pão de Açúcar. Um vento tremendo atravessa as janelinhas da cabine. Esta conserva sempre sua posição horizontal. Você se debruça sobre o abismo. Lá embaixo, cascatas de árvores, cúpulas verdes e a arenosa curva da praia. Agora parece que o Pão de Açúcar vem velozmente ao nosso encontro. A pedra se agiganta, a cabine sobe como um elevador; oscila no interior de um nicho de pedra, e já está lá em cima. Lá embaixo, os 13 morros em cujos vales o Rio de Janeiro se aloja mostram suas encostas cobertas de casas, ou suas fachadas azuladas. Os diques fraturados, uma ponte, a água verdosa, e agora compreendo o que é o Rio de Janeiro. Uma cidade fabricada nos vales que os morros deixam entre si. As casas trepam pelos sopés dos morros, depois se detêm; a mata avança, depois desce. Listras asfaltadas avançam até a distância, depois uma serra, penhascos, e no vale subsequente, outra fatia de população, tetos vermelhos, azuis, brancos cubos que, como uma vegetação de liquens, sobe e para, manchando as encostas de pedra de encarnado, de cor de grude, de roxos, de ferrugem e de verde de sulfato. São as casas de dois milhões de habitantes. Agora estão explicadas as voltas dos bondes. Para entrar nas ruas de um vale, o bonde tem que passar pelas costas dele, um zigue-zague prolongado. A baía, lisa como um espelho de aço, lapida um verde-salgueiro junto à costa. Passa um transatlântico, e atrás dele a água vira um rastro agitado com restos de mariscos. Há navios ancorados, distribuídos irregularmente.

Cúpulas de cobre, de porcelana, de mosaicos e de azulejos; telhados que parecem retângulos de ferro fundido; arranha-céus cúbicos, vales arborizados, um espetáculo feérico é o que oferece esta cidade de edifícios escalonados na encosta da serra, que de repente se anula misteriosamente, ou confunde sua bissetriz com o ângulo de outro morro, coberto de telhados vermelhos de duas águas e de avenidas asfaltadas. Você olha e fecha os olhos. Quer conservar uma lembrança do que vê. É impossível. Os quadros que você vê se sobrepõem, um se dissolve no outro, e assim sucessivamente. Você luta com essa confusão, quer definir geometricamente a cidade, dizer "é um polígono, um triângulo". É inútil... O máximo que poderá dizer é que o Rio de Janeiro é uma cidade construída no interior de vários triângulos, cujos vértices de união constituem as encostas das colinas, dos morros, das montanhas.

De repente a cidade desapareceu de seus olhos. Você treme de frio. Olha ao redor. Tudo é absolutamente cinza. O Pão de Açúcar foi envolvido por uma nuvem que passa. Lá fora, faz sol.

Pobre brasileirinha!

4/5/1930

Passei por uma experiência dolorosa. Cada vez que subia as escadas da pensão onde estou morando, vinha ao meu encontro uma índia cor de café, que me fazia gestos pedindo para eu subir devagar. Hoje, intrigado, perguntei:
— Mas que diabos está acontecendo, que não se pode nem andar?
E a servente me respondeu:
— A mocinha está muito doente.
— Quem é a mocinha?
— A filha da patroa.
— Posso vê-la?
Me deixaram entrar.

A doentinha

Em uma cama larga, sobre um amplo travesseiro, repousava a cabeça de uma moça de 19 anos. Grandes olhos negros, cabelo cacheado emoldurando as bochechas. Cumprimentei-a e ela mexeu ligeiramente os lábios. Olhei-a de relance. Tinha a garganta envolvida em um lenço; debaixo dos lençóis brancos, se adivinhava um pobre corpo enfraquecido.

Amigas, maduras como grandes frutas, a rodeavam.

Me apresentaram:

– Este senhor é o jornalista argentino, o novo pensionista.

– O que ela tem? – perguntei.

Me explicaram. Pleurisia, a garganta, enfim, essas meias palavras que disfarçam a doença terrível. Tuberculose pulmonar e laringite. Dá para entender porque ela não falava. Sorri para ela e disse essas palavras tristemente doces que a gente se considera obrigado a dar a uma pobre criatura que nenhuma força humana pode salvar.

Ela me olhava e sorria. Achava graça no idioma, assim como o português nos faz rir. De vez em quando, um golpe de tosse a fazia estremecer sob os lençóis e as amigas solícitas a rodeavam.

Quando saí me dedicou um sorriso que só existe nos lábios das doentes incuráveis.

Fui a uma florista e pedi que preparassem um buquê de rosas brancas, e à tarde dei-o à índia servente para que levasse a ela. Que ao menos tivesse no quarto um pedaço de primavera. E que fosse um argentino quem tivesse levado...

Esta noite

Esta noite tossiu muito. Mas tanto, que quando desci e entrei no seu quarto as amigas a seguravam nos braços, desfalecida. Tinha a cabeça caída sobre o ombro da índia, de cujos olhos caíam lágrimas.

A mocinha brasileira vai morrer. Dezenove anos! E saí pra rua entristecido, pensando: "É uma injustiça. Deus não existe. Estas coisas não deviam acontecer." Repeti exatamente tudo o que um homem costuma dizer quando cai sobre sua cabeça uma grande desgraça. E, no entanto, quase não conheço esta criatura. Eu a vi pela primeira vez ontem pela manhã; mas havia tanta doçura em seus olhos escurecidos, que senti pena por essa vida que escapava do seu peito, minuto a minuto.

Agora entendo por que me diziam para caminhar devagar. Ela não consegue dormir. A cada momento é acordada pelos bondes que passam fazendo barulho. Se não são os bondes, é a tosse. E com este calor, o dia inteiro na cama! Está tão fraca que já não consegue caminhar. Só conserva a carinha perfeitamente oval e os grandes olhos, que falam, porque a garganta já quase não tem cordas vocais.

Agora vou visitá-la todos os dias. Digo ao entrar: "Como vai a menina?" E ela ri; porque deixou de ser menina há um bom tempo, e já é senhorita.

Eu sei que acha graça do idioma "argentchino". Fica me olhando por alguns instantes.

Então digo que o Brasil é muito bonito, que ela precisa ter esperanças na Nossa Senhora que tem na cabeceira (eu, falando de Nossa Senhora!); que não deve se afligir, que logo estará curada, que essas doenças assim são muito fantásticas, que já vai ver, logo poderá se levantar e sair para passear.

Ela me olha em silêncio. Compreende que estou mentindo. Olha pra Nossa Senhora, pras amigas, e sorri. Não é possível enganá-la. Ela sabe qual será o passeio que a espera. O último...

E me lembro do Sanatório Santa María, nas serras de Córdoba. Lembro das quinhentas mocinhas que, no pavilhão Penna, estão prostradas como essa mocinha de 19 anos, para quem a vida devia ser só felicidade. E de repente, sinto uma pena enorme subir do coração até a garganta.

O sorriso e as piadas me escapam, e saio pra rua dizendo, como diria um pobre negro ou um pobre branco, que não entende de livros nem de filosofia: "E depois dizem que Deus existe. Coisas assim não deviam acontecer."

Elogio de uma moeda de 5 centavos

5/5/1930

Uma senhora argentina, residente aqui, me deu de presente uma moeda de 5 centavos argentinos. E olhei pra moeda matreira, perdida neste país de moedas grandalhonas, e disse a ela:

Como vai, queridinha? Aqui você anda bem apagada entre estes tostões (moeda de 3 centavos brasileiros) e estes pratos (porque são pratos, não são outra coisa) de 400 réis, que furam o bolso da gente. Mas te cumprimento respeitosamente, querida moedinha. Te cumprimento com a emoção do portenho que perdeu de vista faz tempo sua linda Corrientes, e sua magnífica avenida de Mayo, sua Florida pretensiosa e sua majestosa Callao. É verdade que as moedonas desta pátria brasileira arrotam prepotência; é verdade que o vulgar tostão, grandalhão e fingido, te intimida; mas não dê bola a ele; ele vale 3 centavos argentinos... e você vale cinco! Os cinco caraminguás safados com que pagamos ao garçom o "feca" em tempos de crise.

Como mudam os tempos, querida moedinha! Hein? Lá, não te damos bola.

Te damos ao primeiro mendigo pé de chinelo que atravessa nosso caminho, te deixamos abandonada na mesa de qualquer leiteria imunda e suspeita. Você é o troco indispensável pro metrô e, nessa condição, te damos categoria; mas no Rio, querida, você não vai correr aventuras. Estará em meu bolso como um talismã para me dar sorte; e, de quebra, para irritar, todos estes réis, que são tantos milhares mas não duram nada.

Você foi trazida por uma senhora argentina que queria levar consigo uma lembrança de sua linda terra; ela te trouxe para te olhar nos dias em que sentisse saudade de sua cidade, a mais linda da América do Sul; te trouxe para que você respirasse novos ares, adquirisse experiências e aprendesse a falar português e, de quebra, conhecesse os patacões maçantes, as moedonas de 200 réis, as de 400, as de mil e as de 2 mil, moedas de bronze e alumínio; nada igual ao níquel de que te fundiram.

Olho pra você com carinho, querida moedinha. Olho pra você com esse doce pavor que entra em nossa alma quando nos lembramos da "pindaíba"; das épocas em que usávamos pisantes esfarrapados, as meias pela metade, a gravata que nem um trapo, a fatiota avariada por todos os lados.

Olho pra você e você me faz lembrar as magníficas tertúlias de leiteria, as discussões filosóficas dos vadios do bairro, a hora derradeira em que o mais fuleiro diz: "Estou liso"; a hora do juízo final, quando o menos duro exclama:

– Não se aflijam, tenho cinco caraminguás pra dar de gorjeta ao garçom!

Olho pra você e penso: cinco caraminguás. Penso que Buenos Aires está a cerca de 3 mil quilômetros daqui; penso que isto tanto poderia ser a América do Sul como a costa da África; e ao te ver tão pequenininha, tão miudinha, tão magra entre estas moedinhas que pesam quilos, me dá medo. Será que você não morrerá de tristeza perdida entre os réis, acanhada entre os tostões? Mas não se preocupe. Vou te colocar em um quadrinho no meu quarto. Ao entrar e sair, e quando estiver sozinho, meditando disparates e pensando asneiras, levantarei os olhos, te espiarei com o rabo dos olhos e direi: "Bom; não estou tão só, tenho uma companheira." Conversaremos. Abriremos o jogo um com o outro sobre nossos mútuos infortúnios. Você me contará a angústia dos pés-rapados em cujos bolsos andou peregrina, sem conseguir durar em nenhum; me narrará a odisseia de inúmeros vadios atormentados por mil necessidades, e eu te contarei, por minha vez, os desgostos que não posso escrever; direi cobras e lagartos desta gente, e coitados de nós dois! Nos consolaremos como fazem os pobretões de verdade, mas que falam o mesmo idioma.

Isto foi o que eu disse à moedinha de 5 centavos que uma senhora argentina me deu de presente. Ela está em cima da minha mesinha de cabeceira. Quando volto da farra por essas ruas negras, sujas e estreitas; quando saio dos cafés dizendo desaforos, protestando contra a cozinha do restaurante do maldito Pierre Labarthe, inventor do tóxico "O soberano dos vinhos brasileiros"; quando chego desesperado e suando das caminhadas intermináveis que faço em busca de motivos que não existem, a moedinha fiel, lustrosa, fina, miúda, bonita, me recebe como um consolo; os olhos da cabeça da República parecem que me olham dizendo: "Não me abandone" e respondo a ela: sou fiel a você. Sou fiel a você, porque apesar de aqui você não servir pra nada, você me faz lembrar do meu passado de pindaíba; sou fiel a você porque você me faz lembrar de minha cidade agora mais querida do que nunca, porque está longe; sou fiel a você apesar de ter os bolsos entupidos de tostões, porque você fala o nosso idioma, ressonante, machão, bravo, abusado, camarada; sou fiel a você porque na sua companhia o coração me diz que chegarão dias melhores em que terei companheiras suas no bolso, e serei personagem importante, dizendo, em uma mesa de café:

– Quando andei me aporrinhando pelo Brasil...

E a moedinha me espia. Parece que sorri, e me responde:

– É inútil... Você tem alma de vadio.

E pode parecer mentira, mas tenho a sensação de que a alma da moedinha se desprende de seu disco de níquel e me dá um abraço grande e consolador. E então durmo tranquilo.

Não me falem de antiguidades

6/5/1930

Alguém me diz:

– Parece que o senhor não se entusiasma pelas coisas antigas; estas igrejas centenárias, estas estátuas do tempo da Colônia e do Imperador...

– É verdade – respondo. – Estátuas, igrejas antigas e todas as tranqueiras do século passado me deixam absolutamente indiferente. Não me interessam. Acho que não interessam a nenhum argentino. Dão tédio, sejamos sinceros. Para nós, que temos os olhos acostumados às filas de automóveis, que diabo pode nos dizer uma cúpula ou um arco de pedra! Sejamos sinceros. Eu admiro a arte desses charlatães que olham para uma pedra que foi de outro século e encontram motivo para choramingar uma prosa enrolada durante três horas. Eu os admiro, mas não consigo imitá-los. As igrejas antigas não me chamam a atenção. As casas encardidas do século passado também não. Protestamos contra a estúpida arquitetura colonial, que em nosso país se difundiu entre os novos-ricos, e vamos ficar boquiabertos diante desses casarões escuros só porque são feitos de pedra? Faça-me o favor. Todas estas casas me parecem muito lindas... para virarem pedregulho.

– Sabe que o senhor é um sujeito agressivo?

– Sou sincero. Não fui ao Museu Histórico nem pretendo ir. Não me interessa. Não interessa a ninguém saber de que cor eram as saias das senhoras do ano 400, ou se os soldados andavam descalços ou de sandálias. Isto foi o que me deixou desiludido com as viagens. Não daria um vintém por todas as paisagens da Índia. Prefiro ver uma boa fotografia do que ver ao vivo. Ao vivo, às vezes a paisagem está em um mau momento, e a fotografia é tirada quando ela está em seu "melhor momento".

Meu interlocutor tem vontade de se indignar, mas eu insisto:

– Das duas uma: ou enganamos a nós mesmos e enganamos os demais, ou confessamos que o passado não nos interessa. E isso é o que acontece comigo. Outro senhor poderia extrair das igrejas do Rio um capítulo de romance interessante. Para mim, não parece tema nem para uma crônica ruim. Estamos combinados? Outro senhor poderia extrair das ruazinhas torcidas do Rio um poema maravilhoso. Quanto a mim, o poema e a ruazinha me enfadam. E me enfadam porque falta o elemento humano em seu estado de evolução. A paisagem, sem os homens, me aporrinha. As cidades sem problemas, sem anseios, e os homens sem questões psicológicas, sem preocupações, me oprimem.

Quando olho pra cara de um operário portenho, sei o que pensa. Sei que anseios traz em seu interior. Sei que estou na presença de um elemento inquietamente social. Aqui, encontro pessoas que, desde que ganhem o bastante pro feijão, vivem felizes. Isto me deixa indignado. Na pensão mais suspeita, se encontra, entre gargalhadas irrisórias, um altarzinho aceso para Nossa Senhora e seus santos. Vive-se religiosamente, ou não se vive. Essa mistura de superstição, de sujeira, de ignorância e de inconsequência me tira do sério. A empregada argentina é uma moça relativamente instruída; uma empregada assim, aqui, é um artigo de luxo.

Os que vivem mal não se dão conta disso, aceitam sua situação com a mesma resignação de um maometano; e eu não sou maometano. Alguns me dizem que a culpa é dos negros; outros, dos portugueses, e eu acho que a culpa é de todos. Em nosso país havia negros, e havia de tudo, e a civilização segue sua marcha. Não entendo por "civilização" a superabundância de fábricas. Por "civilização", entendo uma preocupação cultural coletiva. E em nosso país isto existe, ainda que em forma rudimentar.

Aqui, a cultura da classe média é de um afrancesamento ridículo. As artistas de cinema são imitadas de tal forma que vemos mulheres pelas ruas vestidas de maneira tão extravagante, que a gente não sabe por onde começar a descrevê-las.

Não posso escrever sobre tudo isto. Vão dizer que sou um sujeito agressivo, venenoso, mal-humorado, hipocondríaco. E, no entanto, todos os dias elimino toxinas com uma boa aula de ginástica. Por isso é que as coisas antigas não me interessam. As coisas antigas, entre gente antiga, estão em seu lugar; entre gente moderna, são algo ridículo. A paisagem mc aporrinha. Não olho pras montanhas nem de brincadeira. Vou fazer o quê com a montanha? Descrevê-la? Montanhas existem em qualquer lugar. Os países não valem por suas montanhas. Em Montevidéu, que é um país pequenininho, encontrei preocupações sociais a granel. Esses uruguaios pensam no futuro, pensam em uma condição social melhor, em quais remédios podem ser aplicados pros defeitos sociais, e discutem como energúmenos. Aqui, ninguém discute. Ninguém se irrita. Vive-se como em um salão da alta sociedade. Isso é ótimo quando o salão vem junto com a cozinha; mas aqui a cozinha é feita pelas negras...

— O senhor é um tipo intratável — me diz meu interlocutor. — O melhor que podia fazer era ficar no seu canto...

— Também acho. E não penaria tanto para encontrar temas para crônicas, como estou penando aqui.

Amabilidade e realidade

7/5/1930

Quando quer investigar seriamente algo sobre a vida do povo, você se depara, aqui no Rio de Janeiro, com essa amabilidade brasileira que cuidadosamente oculta as rachaduras de sua civilização popular.

Me contaram uma história formidável. Vou contá-la tal como a escutei. Quando chegou ao Rio de Janeiro o líder socialista Albert Thomas, como todos os sindicatos operários tinham sido dissolvidos pela polícia, tapearam Mr. Thomas, apresentando-lhe uns funcionários do governo como se fossem delegados sindicais. Traziam até regulamentos confeccionados com toda a perfeição.

Uns dias atrás, tive a oportunidade, quando se inaugurou a nova linha aérea, de conversar com uns jovens jornalistas, argentinos e amigos.

– E aí?... Como estão?

– Encantados. Nos levaram para visitar o Pão de Açúcar, Copacabana, o Jóquei Clube, o Hipódromo...

Sentamos para conversar em um café. Meia hora depois, os jovens jornalistas me diziam:

– Claro. Você está aqui e não se deixa deslumbrar com as belezas naturais...

E outro jornalista (é de um jornal vespertino, e não dou seu nome para não criar nenhum conflito) me disse:
— Olhe só: entro no correio, vejo uma caixa de esmolas pros tuberculosos; pergunto ao funcionário se eles têm um plano de saúde como nós, com sanatório, e ele me respondeu que não. Claro... eles são engrupidos com o Pão de Açúcar.

Digo a ele:
— Você sabe como são fortes os gráficos em Buenos Aires? Bom. Aqui havia uma associação gráfica e a polícia a dissolveu três vezes.

Na Associação Cristã de Moços, um estudante brasileiro me dizia:
— Não abrem escolas, porque os políticos não querem de jeito nenhum que o proletariado se instrua. Sabem que no dia em que o proletariado for instruído, não votará neles.

E não há problemas sociais

Um amigo me dizia, com toda seriedade:
— Aqui não há problemas sociais.

Este amigo não tinha saído da avenida Rio Branco nem do perímetro de Copacabana.

Sejamos sinceros. No nosso país, como aqui, é permitido falar mal do presidente para baixo; e na nossa Câmara de Deputados há socialistas de todos os matizes. Aqui, o socialismo produz calafrios. Há uma comissão de cinema, que não se assusta com nenhuma fita por mais escabrosa que seja, desde que não trate de assuntos sociais. A mais inocente associação sindical deixa a polícia alarmada.

Vocês precisavam ver a estupefação que causou, num pessoal na Associação, um número de *El Mundo* onde aparecia a fotografia de um deputado radical que vendia jornais nas ruas quando era menino, e a de um líder socialista que foi contínuo, me refiro a Portas e Broncini. Se entreolharam, como se dissessem: "Que país deve ser aquele!"

Eu, que estou me tornando argentinófilo, explico a esses rapazes, companheiros da Associação Cristã de Moços, quais são os movimentos sociais no nosso país; descrevo as bibliotecas operárias, os centros operários nos bairros, a qualidade dos nossos autores de paróquia que estreiam disparates em teatros de quinta, com companhias péssimas, e me observam, como se dissessem:

– Nada disso existe aqui.

E é verdade. Involuntariamente me pergunto: que fenômeno agiu sobre nós, argentinos, para nos tornar indiscutivelmente o país mais interessante, psicológica e culturalmente, da América do Sul?

Somos os melhores, sem discussão: os melhores. Um operário como o nosso só se encontra em Buenos Aires. Na Europa e no Uruguai também existem, mas fora de lá, não.

Somos os melhores porque temos uma curiosidade enorme e uma cultura coletiva magnífica, comparada

com a que há aqui. Quantos teatros há em Buenos Aires? Não sei. Em Flores há dois. Em Almagro... em... sei lá quantos teatros há em Buenos Aires! Sei que aqui, com 2 milhões de habitantes, há três ou quatro teatros que não funcionam. E livrarias? E editoras? Nada disso existe aqui. Depois meu amigo argentino diz que não existem problemas sociais. Não há poucos problemas sociais. E nosso país é desconhecido no Brasil. A prova: conversei com um monte de pessoas. Cultas e incultas. Todas me perguntaram a mesma coisa:
— O senhor é espanhol?
Não passou pela cabeça de ninguém me perguntar: "O senhor é argentino?"
Falar da Argentina aqui é como falar do Tibete em Buenos Aires.
Naturalmente, nas conversas e reportagens oficiais publicadas nos jornais, argentinos e brasileiros se conhecem como se tivessem comido no mesmo prato ou dormido no mesmo quarto; mas na realidade prática isso não acontece. Somos dois povos diferentes. Com ideais coletivos diferentes. Nós somos ambiciosos, entusiastas e desejamos alcançar algo que não sabemos o que é, e lemos jornais, revistas, romances, teatro; conhecemos a Espanha como se fosse a Argentina... Aqui? Em um dos melhores jornais, o encarregado do arquivo me disse:
— Veja... não temos nenhuma informação de Portugal, a mãe-pátria. Nenhuma fotografia. Estamos tão distantes...
Estão entendendo?

Trinta e seis milhões!

8/5/1930

Caminho pelo deserto do Saara. Quero dizer, pela avenida Rio Branco às 9:40 da manhã. Se tivessem varrido a rua com uma metralhadora, não estaria mais limpa de gente. Em um bar chamado Casa Simphatia (com h e tudo), os garçons morrem de tédio olhando o asfalto. Só um casal, em poltronas de vime, troca ósculos inflamatórios. O responsável pelo botequim olha alarmado, e agarrou o extintor de incêndios automático. Dá pra ver que está disposto a agir.
Penso. Penso o seguinte, em um solilóquio que me acho no direito de transmitir a vocês:

Caramba! Desde que cheguei a este país, não vi um só enterro. Aqui não morre ninguém? Pelo contrário, este casal que está arrulhando tem toda a pinta de que vai presentear um par de gêmeos ao Estado dentro de pouco tempo. Não morre ninguém, e não sei, ainda, como são os carros fúnebres. Mas há funerárias no Brasil? Ainda não vi nenhuma, e olha que fui a todas as ilhas, ao Pão de Açúcar e à Praia Vermelha e ao diabo. Não há coveiros, nem corretores de mortos, nem caixões, nem nada. Acho que nem cemité-

rios. *De frente pra rua Buenos Aires, há um mercado de flores, flores com cheiro de cadaverina e uns bagulhos truculentos à guisa de coroas. A menos que o município esteja esperando uma peste fulminante, este mercado de coroas não se justifica. Um pobre-diabo, com barba portuguesa, monta guarda entediado, chupando um charuto vagabundo. E o mundo teimando em viver. Não morre ninguém, está na cara; e o Brasil tem 36 milhões de habitantes. E se continuar assim, em pouco tempo terá 72 milhões.*

Também

Também, como não era pra ter 36 milhões! Reparem só: as pessoas não se dedicam à jogatina, não bebem, não vão ao teatro, porque dos três teatros um está fechado, o outro está sem companhia teatral e o terceiro em obras. Não perdem tempo no café, porque nos cafés não há tolerância com os vadios. Não jogam, porque todos os cabarés onde havia carteado foram fechados. Não perdem o tempo com mulheres de má fama, porque as mulheres de má fama fugiram, aborrecidas com tanta moralidade. As pessoas não leem, porque os livros custam caro, e basta dar uma olhada nas revistas que o assunto está encerrado. Não vão aos comitês dos partidos políticos, porque aqui não existem esses comitês. Não vão às bibliotecas operárias, porque os operários não têm bibliotecas. Um ou outro cineminha, e pode se dar por satisfeito. E as fitas do cinematógrafo passam previamente por uma comissão de censura que as expurga de todo elemento revolucionário que possam conter.

O que as pessoas fazem?, vocês me perguntarão. Trabalham. Aqui todo mundo trabalha. Já disse em outra crônica, e repito nesta, para não esquecerem. Trabalham brancos e negros, mulheres e homens. Nas bilheterias das companhias de navegação você encontra mulheres. Em quase todas as tabacarias há mulheres atendendo. A mulher trabalha em pé de igualdade com o homem; ganha o seu feijão.

"Aqui todo mundo grama." Aqui todo mundo trabalha. E depois, de volta à toca.

É preciso se entreter com alguma coisa

Vocês compreenderão que um cristão tem que se entreter com algo, e estes cristãos que falam português se divertem encomendando um bebê a Paris todos os anos. Quanto mais pé-rapado for um infeliz, mais pivetes terá na sua fazenda. Um "grone" passeando é um espetáculo; duas negras com os meninos nas costas constituem uma brigada que ocupa um bonde inteiro.

Trabalham e têm filhos. Seguem o preceito bíblico no mais amplo sentido da palavra.

Trinta e seis milhões. A soma é brutal. Se vivessem de outro modo... Mas, no andar da carruagem, algum dia constituirão o Estado mais importante da América do Sul.

Cidades? Em todo o interior do Brasil são improvisadas, à margem dos péssimos ramais das estradas de ferro, cidades que algum dia serão centros de população importantes. Os negros estão desaparecendo, me dizem, e eu os encontro até na sopa. Desaparecem porque se misturam com a classe branca, de maneira que, quando acordarmos, o Brasil terá 100 milhões de habitantes. E não se passarão muitos anos. Quando as pessoas trabalham, e não bebem, não jogam, e ficam em casa...

Elogio da tríplice amizade
11/5/1930

Domingo às 7:30 da noite, este seu servidor, de barriga vazia e bem aborrecido, vagava havia uma hora pela avenida Rio Branco, mastigando seu péssimo mau humor. E de repente todo seu tédio se derreteu como a neve sob o sol e, embora estivesse sozinho, começou a sorrir graciosamente!

Sei que vocês irão supor: "Será que ele viu um senhor de roupão pela rua?"

Não. Quem tem roupões inverossímeis, esfarrapados e sebosos, sai pela rua exibindo-os e se pavoneando às 11 da manhã e às cinco da tarde.

"Será que ele viu algum negro de fraque, algum mulato de alpargatas e monóculo, algum balconista de padaria com colarinho duro e bengala forrada de pele de cobra?"

Não!...

"Será que observou algum casal bem-vestido meditar meia hora em frente a um café, pensando se entrava ou não pra tomar algo... e depois ir embora sem entrar?"

Não!

"Será que pôs os olhos em alguma dama de 50 anos, com o vestido até os joelhos e cachos soltos pelas costas?"
Não!
"Será que reparou na inquilina de alguma pensão, enfaixada de seda e que, pra olhar seus próximos, adquiriu um lornhão?"
Não!
"Então, que diabos ele viu?"
Só o que sei é que este servidor sorriu graciosamente, docemente, melosamente...
"Se explique, homem!"
– Caminhando em direção contrária à minha, vinha um casal em companhia de seu fiel e inseparável amigo, não aquele casal que vai ao restaurante Labarthe, e sim outro casal.

Descrição

Ele, 100 anos. Se não tem, merecia ter. Alto, magro, murcho: a dentadura gengiva pura, a pele com mais rugas do que um acordeão.

Ela, 45 a 50 outonos: um crepúsculo magnífico; olhos pirotécnicos, curvas que imediatamente dão vontade de estudar trigonometria e investigar de que modo matemático é possível tirar uma cotangente de um seno sem tocar o cosseno, enfim, podem rir da Pompadour, de Recamier, e de todas as grandes madames de que fala a história.

Mulher para ser vista sob luz artificial, como diria um colunista social.

Ele (o outro ele) 35 abris, barbicas, como diriam os grandes clássicos espanhóis; pura estirpe de cavalheiro galgo, bem trajado, de gomalina, empoado, de roupas justas, unhas de manicure e pés de bailarina, e aqui vocês têm o trio que derreteu meu mau humor.

É que onde for o ancião, lá você encontrará seu amigo, e ela, como vai deixar o esposo sozinho? Não seria uma crueldade, uma ação inqualificável? E eis aqui então que a múmia, o barbicas e a dona formam um conjunto delicioso.

Mas não enveredemos pelo mau caminho. Não. O que acontece é que esse jovem está ansioso para ilustrar seu espírito com as verdades e conhecimentos que o ancião entesoura. E não pode resistir a seu afã desmedido de acumular experiência. Ela, por sua vez, amorosa e diligente, também não pode se resignar a perder a companhia do homem que tanto adora. E se ele for atropelado por um "carro"? (Neste país os ônibus são chamados de "carros". Os carros, não sei como são chamados.)

Qual é a consequência dessas duas preocupações que vão em direção contrária, ou seja, a do jovem que quer enriquecer seu intelecto com a experiência do gagá, e a da esposa que quer cuidar do seu museu ambulante? Que sempre onde estiver um deles, poderemos encontrar os três. E depois santo Agostinho quebrava a cabeça para entender o mistério da Santa Trindade.

Estaria errado quem achasse que os três se estranham. Pelo contrário; se dão tão bem que dá gosto vê-los. O jovem não faz mais nada além de abrir a boca de admiração e respeito, escutando tudo o que o ancião diz. E ela, ao ver esta harmonia, fica tão contente que anda quase dançando de tão feliz. E é lógico: ama tanto seu esposo, como não vai se alegrar com essas demonstrações de admiração que o jovem barbicas produz com a boca, nariz, orelhas e olhos? E a alegram tanto que, às vezes, deixando-se levar por seu entusiasmo, ela dá umas palmadinhas nas costas do jovem; e o jovem compreende que são como as palmadas de uma irmã. O ancião percebe que são puras carícias fraternais... e aqui não aconteceu nada.

Que coração, por duro que seja, não se enterneceria frente a tal espetáculo? Que alma, por insensível e malvada que seja, não se emocionaria de doçura ao contemplar o ancião que derrama sua sabedoria caudalosa como um rio de leite e de mel nos ouvidos de um jovem ansioso por conhecimento, e uma mulher que deseja ardentemente enterrá-lo... quer dizer, cuidá-lo? (Freud tem razão quando estuda as palavras trocadas...)

Entendem, agora, por que meu mau humor rabugento se derreteu, como a neve sob o sol, ou como a melancolia de um L. C. [Ladrão Conhecido] notificado de que a acusação de porte ilegal de armas perdeu a validade, e que pode sair do xilindró pra ir roubar de novo?

Grana fresca

12/5/1930

Não há nada mais emocionante para um viajante em terra estranha do que a chegada do fim do mês e a entrada do dia primeiro, se no dia 30 e no dia 15 houver uma alma perfeita que se lembre que deve mandar a ele grana fresca pelo correio.

Com que dedicação amorosa e comovedora comparece então à posta-restante para indagar se chegou ou não o aviso do banco, a notificação de que há um bom "paco" de réis esperando sua respeitável visita, a "futricaria" que revela que não o esqueceram, por mais que às vezes as pessoas não tenham motivo para lembrar com carinho de um emigrado!

Terra estranha

Estar em terra estranha é estar completamente só. A amabilidade das pessoas é da boca pra fora. O viajante entende isso rapidamente, quando não é um otário nem uma besta quadrada.

Quando você entende a situação, coloca seus sentidos, seus pés e seu corpo no banco com o qual opera, assim como o marinheiro em tempos de tempestade põe sua alma e sua pele na bússola, e o aviador no sextante.

E o banco, que em outros tempos era para você uma instituição vaga e irreal, com a qual nunca tivera contato algum, ainda que assim desejasse ardentemente; o banco, que em sua imaginação de pobretão crônico aparecia como uma casa onde os pães-duros levam sua grana para que os "ladros" não a volatizem; o banco, no estrangeiro, se converte da noite pro dia em "seu amigo" e você em "seu cliente e amigo". Não leu, por acaso, os anúncios que as instituições bancárias colocam nos jornais e nos bondes: "Nossos clientes são nossos amigos"?

Em consequência, eu sou amigo do Banco Português do Brasil, situado na rua da Candelária, 24. Este banco, quero dizer, "meu amigo", todos os dias 1º e 15 de cada mês me envia a carta cujo texto passo a reproduzir: "Ilustríssimo senhor... (Estão vendo? Me chamam de ilustríssimo!) Temos à vossa disposição o equivalente de pesos argentinos, por ordem do Banco de la Provincia de Buenos Aires. Va. Mt. Ats. e Vrs."

As referidas iniciais correspondem a um monte de salamaleques, que incluem o tratamento de "Vossa Excelência" etc. Estão entendendo? Ilustríssimo e Vossa Excelência!

Assim se tratam as pessoas neste país. Vejam se não dá gosto viver e ter que lidar com amigos iguais a esses.

Bom, é preciso ver a emoção com que qualquer indivíduo ausente de sua bendita terra acolhe a supracitada "futricaria".

Porque...

Porque no dia 29 ou 14 de cada mês, o cidadão emigrado ou expulso de seu país começa a rondar a posta-restante, cumprimenta com amabilidade os carteiros que são donos de seu destino; mesmo que esteja com dor de dente, sorri pro funcionário "grone" que varre os escarros em torno da caixa postal; se informa com tom melífluo das horas de distribuição da correspondência, e um doce pavor penetra em sua alma.

E se o aviso não tiver chegado? E se o barco que o trazia errou o caminho, e em vez de embicar pro Brasil, foi pro lado da África? E se foi a pique? Ou se roubaram a correspondência? Isso sem contar que o encarregado de enviar o dinheiro pode ter morrido de um ataque cardíaco, de uma angina peitoral, de qualquer coisa...

O assunto é sério e digno, porque ainda que o banco te chame de ilustríssimo senhor, e se intitule, ampla e pomposamente, seu amigo, enquanto não houver aviso de que você pode e deve embolsar, ele o deixará na rua da amargura sem consideração alguma. Além do mais, não dá pra descontar a possibilidade de que os encarregados de enviar o dinheiro, se não tiveram a brilhante ideia de morrer, podem, por outro lado, ter se esquecido de fazê-lo por excesso de preguiça.

E seu espírito se estremece quando medita na infinidade de causas, motivos, acidentes imprevistos e ines-

perados que podem fazer com que o tutu não chegue às suas mãos ansiosas. E no dia 29 você se aproxima da posta-restante, dizendo a si mesmo:
– É batata: não chegou o aviso.

E não está enganado. Fica a imensa satisfação de não ter se enganado e de sair pra rua dizendo a si mesmo:
– O coração estava me dizendo.

No dia seguinte você volta. Lá está o aviso! Uma mão misteriosa jogou-o na caixa de correio, outra o recolheu e... Você tem o infinito prazer de ficar sabendo que o banco X, "seu amigo", por intermédio do banco XX, seu "outro amigo", lhe roga (mesmo que não rogassem você iria do mesmo jeito) que passe pelos escritórios da instituição para retirar a grana.

Também é outra certeza que no dia 30 todo o seu capital se resume a alguns vinténs, réis, pfennigs ou liras. Não importa: chegou o aviso. E então, magnânimo, opulento, você se senta em qualquer café e faz o pedido. O mau momento passou. O banco, que no fim das contas é "seu amigo", tem em seus monumentais cofres de aço escrupulosamente guardadas as cédulas indispensáveis para que as pessoas não tenham inconveniente em continuar sendo amáveis com você.

Na redação de O Jornal
13/5/1930

Todas as noites venho escrever minha crônica na redação de O Jornal, uma das principais rotativas do Rio de Janeiro, que ocupa atualmente um antigo sobrado. Quando as rotativas funcionam, o chão trepida e a redação se enche de um ruído infernal que todos os jornalistas acostumados ao ofício não escutamos a não ser de tarde em tarde, como os marinheiros que, acostumados ao balanço do barco, só o percebem quando ele se sacode além da conta.

A redação

Em um canto está a escrivaninha do secretário de redação, Figueiredo de Pimentel, que é um rapaz muito decente. Depois, as mesas dos outros redatores. No centro, um mesão grande o bastante para preparar macarrão para um regimento é usado pelo pessoal para esses trabalhos que nós, jornalistas, denominamos "requentar e recortar": a cozinha, em suma, onde recortamos e colamos telegramas, e nos dedicamos ao trabalho cujo único fim é evitar escrever.

Em uma mesa em frente à do secretário está a do encarregado do concurso de belezas femininas para escolher a Miss Brasil, o cavalheiro Nóbrega da Cunha, um trabalhador incansável, encarregado de receber as moças que as províncias do interior enviam ao concurso. Está sempre terrivelmente atarefado; pergunto a ele se não quer que eu o acompanhe nesse trabalho de selecionar moças e me responde que não, que é um assunto muito delicado, e acredito nisso. Só o que não consigo entender é como faz para dar conta de tanta fedelha aspirante a Miss Brasil. Tem jeito para núncio apostólico, é sutil e diplomático, acho que deixa todas contentes só no papo.

Ele tem, além disso, quatro cargos diferentes. Isto faz com que uma fileira de pessoas desfile continuamente em frente a sua escrivaninha; insisto, tem jeito para núncio apostólico ou delegado de Sua Santidade, e ganha 200 pesos por toda essa atividade.

Os outros

Depois, há uma misteriosa quantidade de redatores que devem ter suas seções fixas; gente que trabalha em suas escrivaninhas sem tugir nem mugir. Às vezes chega um rapaz apressado, tira o paletó, senta-se no mesão e escreve afobadamente sem levantar a cabeça. Traz notícias, informes, a seção, a eterna seção que em todos os jornais se escreve bufando de pressa porque os linotipos não esperam e a rotativa precisa funcionar.

Às vezes se forma um grupo, os charutos enchem o ar de fumaça, o que escreve apressado levanta a cabeça, no círculo as pessoas riem e conversam, o homem da seção que se escreve bufando tem uma vontade tremenda de largar a caneta e integrar-se ao grupo, mas é impossível, escuta três palavras e se submerge novamente no batente. As laudas entram brancas e saem de suas mãos, rapidamente, cheias de linhas negras. O homem escreve a todo vapor. Três personagens em colóquio imperceptível conversam com o secretário de redação. São assuntos sérios, mas a rapaziada não liga a mínima; estão acostumados a tantos assuntos sérios que acham que nenhum assunto é tão sério que valha a pena deixar que um charuto se apague. É curioso como nas redações dos jornais o indivíduo se acostuma com os "assuntos sérios". Trinta mortos... Bah!... não é muito... poderiam ter sido muitos mais. Metade da cidade se incendiou? Bom, podia ter se incendiado toda. Desmoronou uma ponte ferroviária com um trem em cima? Para isso existem as pontes, para desmoronar. Se não fosse assim, de que viveriam os fabricantes de pontes? Chegou o inventor do moto-contínuo? Que invente o moto-alternado! O subsecretário conversa com um senhor de rigoroso luto que levou um livro para ele. Os rapazes olham de relance pra vítima. Neste caso, a vítima é o subsecretário.

Ouço conversas, mas como não entendo patavina, só fico olhando; sorrio para os que me sorriem e depois continuo na máquina. Trabalho. Ouço alguém dizer:

— Um jornalista "argentchino".
Viro a cabeça e digo:
— Muito obrigado.
E meto o pau na Underwood. O que acontece é que às vezes a Underwood não consegue pensar em nada interessante para escrever e eu me vejo em apuros, o secretário se aproxima e me dá uma palmada nas costas, olho em volta e digo a mim mesmo: "Todas as redações de todos os jornais do mundo são iguais. Rapazes que escrevem com uma incompetência maravilhosa e que dissertam, fumando um charuto vagabundo, sobre o futuro do universo. Todas as redações do mundo são iguais. Gente que olha com ódio uma lauda que, para ser terminada, exige mais 10 minutos de escrevinhação, e redatores que sorriem semientediados escutando um senhor de costeletas que trata de complicar a vida deles com a revelação de um assunto sensacional. E, no entanto, a gente se diverte na maldita profissão. Se diverte porque só nos confessionários se escuta o que também se escuta nas redações."

Festa da abolição da escravatura

14/5/1930

Hoje, almoçando na companhia do senhor catalão cujo nome não vou dizer por razões que os leitores podem adivinhar, ele me disse:

– 13 de maio é festa nacional...

Ah! É mesmo? E continuei botando azeite na salada.

– Festa da abolição da escravatura.

– Ah, que bom.

E como o assunto não me interessava especialmente, dedicava agora minha atenção a dosar a quantidade de vinagre que colocava na verdura.

– Semana que vem fará 42 anos que foi abolida a escravidão.

Dei tamanho pulo na cadeira, que metade da vinagreira foi parar na salada...

– Como disse? – repliquei espantado.

– Sim, 42 anos, sob a regência de dona Isabel de Bragança, aconselhada por Benjamin Constant. Dona Isabel era filha de Dom Pedro II.

– Quarenta e dois anos? Não é possível...

– 13 de maio de 1888, menos 1930: 42 anos...

– Quer dizer que...

– Que qualquer negro de 50 anos que você encontrar hoje pelas ruas foi escravo até os 8 anos de idade; o negro de 60 anos, escravo até os 18 anos.
– Então: essas negras velhas?
– Foram escravas.
– Mas não é possível! O senhor deve estar enganado. Não será o ano 1788... Olhe: acho que o senhor está enganado. Não é possível.
– Bom, se não acredita em mim, pode averiguar por aí.

Na Associação

Quando terminei de almoçar, me dirigi à Associação e perguntei aos rapazes no balcão:
– Que festa é essa do 13 de maio?
– Abolição da escravatura.
– Quando aconteceu isso?
– 13 de maio de 1888...
– 1888... 1888... 1930... menos 1888... não há dúvida! 42 anos. Mas não é possível... 1888...
– Olhe – diz um deles com toda naturalidade –, meu pai foi feitor de escravos...
Fiquei frio e branco.
– Se está precisando de dados...
Olhei pra esse homem como se olhasse pro filho do verdugo da prisão de Sing-Sing; depois, controlando-me rapidamente, peguei-o pelo braço e disse:

— Venha cá, preciso falar com você. Quanto custava um escravo?

— Depende... os preços variavam muito, dependia do lugar, do estado físico e das aptidões do escravo. Em São Paulo, por exemplo, um escravo custava 2 contos de réis, ou seja, 600 pesos argentinos. Em Minas, o mesmo escravo custava de 5 a 6 contos de réis. Um escravo estropiado pelos castigos custava 200 pesos argentinos... Mas é difícil estabelecer o preço exato, porque o escravo não era vendido individualmente. Por exemplo: o senhor precisava de dinheiro, juntava os seus escravos e levava-os ao mercado... Leia *A escrava Isaura* de Alencar [sic], um romancista brasileiro que retratou muito bem a escravidão. Bom, como estava dizendo, levavam o escravo ao mercado e o leiloavam a quem oferecesse o melhor preço. Aqui no Rio de Janeiro, o mercado de escravos ficava na rua 1º de Março, em frente à farmácia Granado.

Escuto como se estivesse sonhando.

— E é verdade que eram castigados?

— Sim, quando não obedeciam, com um chicote. Agora, havia fazendas onde maltratavam os escravos, mas eram poucas. ("Castigar com chicote" e "maltratar" são coisas muito diferentes, quer dizer, dar 20 ou 30 chicotadas em um escravo não era maltratá-lo, mas sim castigá-lo.)

Os matizes

À noite me encontro com o senhor catalão e digo:
 – É verdade que castigar é uma coisa e maltratar, outra?
 – É claro, homem de Deus! Castigar... quer dizer, o chicote era de uso corrente em todas as fazendas para manter a ordem mais elementar. Maltratar um escravo, ao contrário, era trocar o chicote por instrumentos pontudos, cortantes... quebrar-lhe os braços a cacetadas, prendê-lo no chão com estacas... Como pode perceber, é simplesmente uma questão de matizes...
 – Sim... estou vendo... de matizes... E os senhores?
 – Os senhores? Um senhor tinha que ser muito bruto pra bater em um escravo. Pra quê? Pra isso tinham o feitor. O feitor era o capataz dos escravos, geralmente também escravo, mas era liberado do trabalho brutal pra fazer seus companheiros trabalharem e castigá-los. Esse escravo era o terror dos outros. Cumpria a ordem do amo ao pé da letra. Se mandavam dar 50 chicotadas em um escravo, e o escravo morria na chicotada 39, o outro providenciava as 11 restantes... Uma questão de princípios, amigo. Obediência absoluta.
 – Quer dizer que esses brancos velhos, de aspecto respeitável, que a gente vê em automóveis particulares...
 – Foram donos de escravos. Leia o que escreveram Alencar e Ruy Barbosa...
 – Mas fui às livrarias e me disseram que não havia livros sobre a escravidão.

– É natural... Vou conseguir alguns pra você... mas faça isto: vá ao porto e converse com algum negro velho, desses que a gente vê remendando redes...
– E essas negras velhas tão simpáticas, coitadas?
– Também foram escravas... Mas vá e converse...

E fico na dúvida

E fico na dúvida se entrevisto ou não um ex-escravo. Não sei. Me dá uma sensação de terror entrar no "País do Medo e do Castigo". O que me contaram parece saído de um livro... Prefiro acreditar que o que Alencar escreveu, tremendo de indignação, é uma história que aconteceu em um país de fantasia. Acho que é melhor.

Quem despreza sua terra

15/5/1930

Vou dar um conselho: onde quer que você vá e encontre alguém que fale mal de sua terra, desconfie dele como da peste. Pense que está diante de um bajulador da pior espécie. Escrevo isto porque aconteceu de me encontrar com um argentino que está mancomunado em um jornal do Rio. E na primeira oportunidade, ele me disse:

— Este sim é um grande país. As pessoas de bem são estimadas e honradas.

— Então você deve estar incomodadíssimo aqui...

— Sério. Desprezo meu país. O que a República Argentina fez por mim? Nada. Lá, os talentos não são valorizados. São enxovalhados e desprezados. No Brasil, ao contrário, me admiram e me respeitam, sou amigo do Coelho Neto (uma espécie de Martínez Zuvíria brasileiro), me correspondo com o Dantas, o Monteiro Lobato me trata com consideração.

— Mas o Monteiro Lobato está nos Estados Unidos...

— Me trata com consideração por carta...

— Essa é outra cantiga. Mas pense que se as pessoas te tratam assim como você diz, é porque você não faz nada

além de puxar o saco delas descaradamente, e também porque não te conhecem...
— No meu país, ao contrário, me desprezavam. Nos jornais, não me queriam nem como moleque de recados. A Argentina, puf! País de mascates. E de um safanão varreu a Argentina do mapa da América do Sul. Sem me alterar, respondi:
— É curioso. Na nossa cidade você bajulava qualquer pessoa medíocre para receber de presente um terno ou um par de botinas. Inclusive falava poucas e boas do Brasil. Aqui, faz o contrário. Não me parece errado que admire o país onde consegue comer todos os dias; o que me parece errado é que esteja constantemente desprestigiando nossa pátria. Pense que se não te queriam nos jornais nem como moleque de recados, era porque os diretores abrigavam a veemente suspeita de que você podia fugir com as bengalas e sobretudos que os visitantes deixavam nos guarda-roupas. Uma questão de ética profissional. Não é possível ficar explicando a cada senhor que vai a uma redação: "Senhor, traga seu chapéu porque não é seguro deixá-lo no 'hall'."

Por três razões

Um homem sai de seu país por três razões. A primeira porque a polícia ou os juízes têm interesse em conversar amigavelmente com ele e submeter a seu entendimento problemas de ordem jurídica: um homem modesto e inimigo da popularidade dá no pé. A segunda razão: porque quem viaja tem dinheiro e morre de tédio em seu país, e pensa que vai se entediar menos em outro lugar, no que se engana. E a terceira: porque sendo um inútil completo, crê que em outro lugar sua inutilidade se converterá em capacidade de trabalho.

Cada um destes viajantes vê o país que visita com um critério diferente.

O ladrão no estrangeiro

"Este sim é um lindo país pro assalto, o furto, a gatunagem e a jogatina. No entanto, tenho saudade da Argentina. Sinto falta dela. Onde se pode encontrar um xilindró como o nosso? Onde, rapazes de lei como os nossos, que tanto servem pra arrebentar uma caixa-forte como pra uma delicadíssima operação de 'batota'? E os 'tiras'? Me mostre um país que tenha 'tiras' melhores que os nossos, rapazes de coração, de respeito, que só metem em cana alguém quando não têm 10 pesos nem pro angu, e que por 100 pesos deixam você afanar o próprio Banco Central. Ah, Buenos Aires, pátria querida! Seus xilindrós, honra e glória da América do Sul. Meu coração não te esquece porque lá se passaram os dias mais ternos de minha adolescência e mocidade, e foi entre suas grades enferrujadas que aprendi a ser um homem honesto."

O viajante entediado com sua pátria

"Não nego que o Rio de Janeiro seja mais pitoresco que Buenos Aires. Não nego que a paisagem seja esplêndida. Mas morro de tédio do mesmo jeito. As montanhas e os morros estão sempre no mesmo lugar, e isso não tem graça. Além do mais, na minha terra também há montanhas e estarão ali até que o governo resolva vendê-las ao melhor comprador por um prato de lentilhas. Morro de tédio, sim, senhores; mesmo com todo o meu dinheiro, morro de tédio espantosamente. Fui ao cabaré e antes de entrar me advertiram que as 'damas' que dançam ali devem ser tratadas de 'senhoritas'. Façam-me o favor!... Não vim a este país pra chamar de senhoritas mulheres que na minha cidade chamamos *che, milonguita*. Isto sem excluir que todas, invariavelmente, contam uma história sentimental de viuvez insólita, de um esposo amado que morreu faz muitos anos, deixando-as na rua da amargura, e que não há uma que não diga que morre de vontade de conhecer um homem inteligente, e que elas são inteligentes também, ao ponto de que uma, pra me provar que era, extraiu da bolsa umas anotações de puericultura e o gráfico de temperatura de um infante tratado com arsenobenzol. Pelo amor de Deus! Não vim aos cabarés pra estudar obstetrícia nem afecções do sangue."

O inútil

"Te detesto e te desprezo, Buenos Aires. Te desprezo e te detesto. Você deixou que uma pessoa como eu, um gênio por parte de pai e mãe e ama de leite, viesse ignominiosamente ao Brasil ganhar o 'feijão'. Deixou com indiferença contumaz que eu me ausentasse e viesse deslumbrar uns negros com minhas bajulações e me transformar num vulgar lambe-botas de qualquer um que tenha migalhas na algibeira. Ó, injustiça! Ó, mesquinharia! Não se envergonha disso, República Argentina? Não bota sua bandeira a meio pau? Isso revela a dureza do seu coração. Lá, meu almoço cotidiano consistia em percorrer as vitrines de todos os restaurantes e ler os menus e estabelecer estatísticas de preços e arquivos de pratos. Aqui, engordo minha humanidade com bananas, feijão e arroz, aqui janto todos os dias como Deus quer. Aqui choro de admiração perante o Pão de Açúcar; faço o sinal da cruz quando olho o Corcovado e gaguejo quando falo da baía, e vou muito bem, sim senhor. Até penso em dar um discurso na Academia de Letras... eu, que lá não podia dissertar nem na mesa do café. Te detesto, Buenos Aires, meu ódio se torna a cada dia que passa mais venenoso e inflamado à medida que minha pele se torna mais lustrosa e engordo lambendo botinas."

Assim se expressam estes três tipos de viajantes.

Os "mininos"

16/5/1930

Na Argentina, os gatos são chamados de *mininos*. Mas os "mininos" do Brasil não são gatos, hein!... os "mininos" são os garotos. Assim eles são chamados neste país. E logo saberão por quê.

Bom; já fiz algumas observações curiosas acerca dos "mininos". Os "mininos" são bons garotos. Não vou dizer que choram quando apanham, como assegurava este sábio que foi patrão de Gil Blas de Santillana, referindo-se aos pivetes gregos que existiam antes que aparecesse Nosso Senhor Jesus Cristo, mas insisto: descobri detalhes que demonstram que o "minino" brasileiro é diferente do *pibe* portenho e do *botija* uruguaio, já que no Uruguai os menores são chamados de *botijas*. É batata. Em cada país os melequentos recebem um nome diferente. Mas esse negócio de "minino" é magnífico e doce. "Vem pra cá, minino", diz a mãe ao garoto quando quer dar uma surra, e o moleque dá no pé como gato escaldado.

Grafites

Vocês se lembrarão que escrevi uma crônica sobre o senhor Bergeret, a quem a esposa adornava a testa meticulosamente, enquanto os moleques da rua se entretinham em decorar as paredes com a efígie de Bergeret coroada com grandes chifres. Também se lembrarão que eu disse que o senhor Bergeret qualificava estes desenhos de "grafites", comparando-os com os descobertos nas ruínas de Pompeia e Herculano.

Os leitores também se lembrarão que escrevi outra crônica (talvez não se lembrem porque já escrevi 694 crônicas) onde falava do infinito prazer que nossos garotos experimentam ao decorar as paredes com desenhos que fazem com que as senhoras virem a cabeça e deixam encabulados os casais de namorados que passam e olham distraídos. Este gênero de grafite pertence ao pictórico, segundo as teorias do exímio Bergeret, ao passo que os grafites que dizem "quem tá lendo é otário", e outras finezas que não posso reproduzir aqui, pertenceriam ao gênero literário.

Indiscutivelmente, tanto no gênero pictórico quanto no gênero literário há casos teratológicos, monstruosidades de imaginação infantil que deixariam espantados um cínico, os poetas em flor e Goyas em embrião. Para o observador inteligente se destacará o seguinte detalhe, que deixa de sê-lo para se converter em realidade maiúscula. As inscrições ou grafites mais desavergonhados encontram-se nas proximidades das escolas, o que demonstra que a educação exerce efeitos saudáveis sobre a alma infantil.

O material usado por nossos pivetes para levar a cabo suas obras artísticas é o pedaço de carvão, os lápis de cor e os pedaços de giz que roubam nas aulas.

Os "mininos"

Inutilmente, tão inutilmente como um viajante buscaria um pinheiro no Saara ou uma bananeira no Polo, busquei nestas ruas de Deus os grafites que poderiam me ilustrar sobre o palavrão brasileiro ou sobre a imaginação infantil.

Bati perna pelas escolas do subúrbio, pelos bairros operários, pelas ruazinhas escuras e sujas como guetos; andei pelos morros e pelos cantos mais absurdos, pelos barracos, onde vivem negros que parecem mais babuínos do que homens; pelos subúrbios, pelos bairros burgueses, pelas ruas íngremes das ilhas, e em nenhum lugar encontrei estes notáveis grafites que nos mostram um senhor com chifres saindo por cima do chapéu, ou realizando atos mais sérios para a imaginação infantil. Também não encontrei aquelas inscrições que deixariam comovido um arqueólogo e que rezam mais ou menos assim: "Fulano é um não sei o quê", ou então: "Eu sou um..." e que se destinam a insultar quem está lendo.

Tal fenômeno me espantou profundamente. Consultei algumas pessoas sobre o particular e me responderam que aqui não é costume dizer palavrões, o que é muito possível, porque desde que cheguei ao Rio não ouvi nenhuma saraivada de xingamentos, nem entre os marmanjos que descarregam peixe na beira do porto.

Também não se usa a terminologia empregada por nossos deputados e senadores nos dias em que as discussões esquentam, nem as metáforas que enfeitam o ambiente cultural das lutas de boxe.

Mas, voltando aos "mininos", é de espantar. Se tivessem me contado, eu não acreditaria; mas, depois de perambular meticulosamente em busca destas mostras de arte infantil popular e não encontrá-las, me convenci que o "minino" brasileiro é 100 mil vezes mais educado que nossos pivetes e 100 mil vezes menos safado que o *botija* uruguaio.

O fenômeno tem explicação. Os garotos são, ou recebem, o influxo dos mais velhos e do ambiente que os cerca. E aqui as pessoas são tão educadas, mesmo nas classes mais pobres, que, como eu dizia em outra crônica, os pequenos jornaleiros são senhores quando comparados com os nossos.

Desista, amigo, de encontrar o personagem delinquente e rabugento que dá lustre e prestígio a nossa cidade estupenda e viciada em turfe. Desista desse diálogo chispante de graça e literatura que se trava entre um motorneiro neurastênico e um carreteiro semibêbado; renuncie a essas indiretas que duas comadres descabeladas e furiosas trocam entre si nos pensionatos. Renuncie ao grafite, à inscrição que Anatole France consideraria reprodução de uma inscrição greco-latina; renuncie ao chamego do lunfardo, bravo, insolente, cabreiro, afiado e pontiagudo como uma faca. Aqui, ou se fala docemente, ou então não se fala.

Que se vai fazer!... Assim é o Brasil.

Me esperem, que chegarei em aeroplano
21/5/1930

Hoje, dia 14 de maio, recebi dois telegramas. Um, dos meus companheiros e do meu diretor, me dando os parabéns porque ganhei o terceiro lugar, 2.000 pesos, no Concurso Literário Municipal, com meu romance *Os sete loucos*, e outro comunicando que a empresa Nyrba havia gentilmente me presenteado com uma passagem para ir do Rio a Buenos Aires em hidroavião.

Precisamente meia hora antes destes dois telegramas chegarem, estávamos comentando na Associação o desastre ocorrido com um avião que se dirigia de Buenos Aires ao Rio, desastre ocorrido no dia 9 (podem jogar na loteria).

O caso é que recebi os dois telegramas, os li dos pés à cabeça e me dirigi à Nyrba. Se me permitem, vou reproduzir o diálogo com o chefe da sucursal:

– Prezado senhor: o telegrama diz que tenho que sair amanhã, dia 15, mas como não tenho os papéis em ordem...

– Ah! Não é nada: vá dia 21.

Foi tal o gesto de: "Ah! Não é nada", que eu, involuntariamente, o interpretei como se quisesse dizer: "Ora, que pressa é essa!"

– E os hidroaviões são seguros? (Que pergunta!)
– Seguríssimos...
– E o desastre recente...?
– Não era um hidroavião... Era um avião... O hidroavião flutua nas águas, o que significa, bem entendido, que se o aparelho cair, em vez de você se desfazer em múltiplos pedaços e subpedaços, você se afoga como um cachorro, "um macabeu ensopado", como dizem os ladrões marselheses.

E isto me deixa desiludido. Sejamos francos. Se você morre afogado te pescam tranquilamente, ou então não conseguem te pescar. E os jornais dizem: "Desapareceu." E quem desaparece deixa sempre no ânimo dos outros a esperança de que possa aparecer. Por outro lado, se o aparelho cair em terra, não cabe dúvida, a gente fica em pedaços, pode apostar. Os jornais, que exploram a notícia truculenta, escrevem então: "Os cadáveres estavam tão destroçados que foi preciso juntar os fragmentos do corpo de nosso colega de trabalho com pinças, tarefa árdua esta, porque a massa encefálica havia tornado escorregadia a passagem, e os trabalhadores patinavam o tempo todo no terreno impregnado de massa cinzenta."

E, claro, a gente tem a imensa satisfação de saber que, embora esteja bastante morto, continua dando o que fazer a seus próximos.

E o premiado

A única coisa que lamento é não conhecer o nome do primeiro e segundo lugares. Porque então poderia imediatamente, ainda que me encontre a 3 mil quilômetros de Buenos Aires, imaginar os mexericos e comentários dos prejudicados, ou seja, de todos que não foram premiados. Que manjar estou perdendo! Meu Deus, que manjar! Conheço quase todos os "queridos amigos". Que manjar estou perdendo!

Agora, voltando ao prêmio, vou dizer que estou sumamente surpreso de ter sido premiado. Em nossa cidade os terceiros lugares sempre foram reservados aos melhores prosadores; exemplos: Elías Castelnuovo, terceiro lugar; González Tuñón, terceiro lugar; Álvaro Yunque, terceiro lugar. O terceiro lugar é disputado a tapa, não há candidato a prêmio que não diga: "Me conformo com o terceiro lugar", e no fim das contas se arma um escarcéu tão grande para escolher o terceiro lugar que as pessoas ficariam espantadas se soubessem. Além disso, a tarefa dos jurados é ingrata. Não há senhor que deixe de ganhar o terceiro lugar que não se sinta no direito de meter o malho nos jurados.

Eu, que sou acima de tudo um filósofo cínico, direi que a decisão dos jurados me deixou, mais que tranquilo, satisfeito. Por estas razões:

1. Porque podiam não ter me dado prêmio nenhum.

2. Porque não entrei no concurso buscando prestígio (que tenho de sobra), e sim dinheiro, e dinheiro foi o que me deram.

3. Porque a vida é assim, e nenhum homem pode ser mais feliz porque em vez de lhe darem 2 mil lhe deram 3 ou 5 mil, que é o prêmio máximo.

Suponhamos que, viajando do Rio a Buenos Aires, o hidroavião caia no fundo do mar. Eu, por uma cobiça estúpida, teria perdido a satisfação de ter recebido um prêmio. Além disso, todos nós desse ofício temos consciência do que merecemos e do que não merecemos. E, que diabos; quem trabalhar duro escreverá bons livros, porque para isso terá condições e vontade. E se chegar um prêmio maior, o receberá com igual tranquilidade, porque a capacidade do homem de sonhar é tão grande, que poucas vezes a vida pode superar com a realidade seus sonhos e a satisfação por estes proporcionada.

De maneira que receberei meus pesos, seguramente haverá banquetes de autores, aos quais não tenho a intenção de comparecer, porque os banquetes me matam de tédio e mais ainda as asneiras ditas no final pelos que neles se embriagaram, e novamente todos os que não foram premiados se apressarão em recopilar um livro de qualquer coisa para tentar a aventura no "concurso que vem".

Ah! Haverá também retratos nas revistas, literárias ou pseudoliterárias, que darão efusivos parabéns aos autores; um ou outro senhor pedirá o livro premiado com uma dedicatória; e a gente, frio, indiferente a tudo, sorrirá amavelmente às pessoas, que depois de apertarem sua mão irão embora pensando:

– É uma injustiça que tenham dado o prêmio a ele, havendo tantos outros que merecem mais do que ele.

E assim é a vida, e a prova de que creio que a vida é assim tão feia e estúpida é que viajarei de hidroavião.

Viagem a Petrópolis

22/5/1930

Ainda não consegui entender por que motivo a viagem a Petrópolis é tão barata: duas horas de trem são 8 mil réis, ou seja, 2,40 pesos.

Havia escutado tanto sobre as belezas dessa viagem que, apesar da minha desconfiança de tudo aquilo que é motivo de elogios, resolvi perder um dia, e só vou dizer o seguinte: se algum dia passar pelo Brasil e tiver um tempo, não deixe de fazer a viagem Rio de Janeiro-Petrópolis. É simplesmente impressionante.

A primeira hora

Você toma o trem numa pequena estação moderna, bastante parecida com nossa estação da Plaza Once. Limpa, confortável, bonita. Você compra a passagem e, ao retirá-la, tem que entregá-la em outro guichê para que coloquem o número do assento, já que os vagões de primeira classe, nas viagens longas, têm assentos numerados. No entanto, os vagões não estão à altura desse luxo de assento numerado. São velhos e encardidos até dizer chega. Mas a gente se acostuma a tudo.

Com 15 minutos de viagem, o trem entra em uma diagonal que abandona o subúrbio operário, por onde corre outra linha férrea, e começa... Aqui estão as dificuldades da descrição. Tomei notas em uma caderneta para evitar a confusão que aparece quando a paisagem varia o tempo todo, como acontece aqui.

Um ardente céu de anil. Lá embaixo, pântanos; no fundo, erguidas, duas palmeiras: o tronco alto, a folhagem dependurada. Pássaros estranhos levantam voo no meio do pasto. Aparecem morros cobertos de plantas, a mata fica mais fechada instantaneamente e, de repente, em uma picada, entre os clarões do verde, se vê passar um negro que carrega na cabeça um feixe de lenha.

O trem guincha infernalmente. De repente, uma montanha que parece construída com tubos de pedra, prensados; canos que escapam para cima. Este órgão de granito começa amarelo ocre, depois a pedra adquire tonalidades de grená e vinho; é maravilhoso: desaparece e os pastos se sucedem; uma curva de rio, uma choupana de negros, duas canoas debaixo de um ranchinho. Mais adiante aparece o esboço de uma choupana que não foi terminada. A armação é feita de taquaras, os retículos formados pelos entrecruzamentos são preenchidos com barro.

Ao longe, no meio de uma cárie azul da montanha, se levanta um obelisco de pedra; corre o trem e árvores de folhas escarlates e verdes; se olhamos com atenção, descobrimos entre as pedras um espelho negro: é a água. Uma planície invisível de água coberta pela mata. Aparecem caminhos estreitos, abertos a machado entre as árvores, caminhos acolchoados de galhos, por onde andam enviezadamente negros com chapéu em forma de sino. Quilômetros de flores brancas, paralelas à via férrea: são lírios-d'água. Levantamos os olhos e a montanha aparece bem perto como uma grande ameaça. Pequenas ilhas de planície cobertas de bananeiras, que parecem pés de milho, de tronco grosso e folhas largas com borda em zigue-zague. Uma negra vestida de branco afasta os galhos e emoldura seu rosto de chocolate entre verdes leques vegetais. Acena pro trem que passa. Onde começa a água e termina a terra? Não se sabe.

Onde logo se explica algo

O trem para em uma estação. Uma malta de meninos descalços de pálpebras avermelhadas rodeiam os vagões miando como gatos:

– Miau... miau... – eles fazem.

Alguns oferecem frutas que parecem tumores cancerosos e cachos de bananas. E o coro insiste:

– Miau... miau...

O viajante pensa: "Que maneira de se divertir tem esses garotos!"

O trem se põe em marcha e os miados redobram. Em outra estação ocorre a mesma coisa; antes do trem parar, explodem em seus ouvidos desesperados miados de gato.

"Esses garotos estão zombando da gente" – você pensa

– "estão nos chamando de gatos". E se perguntar a algum conhecedor da região o que está acontecendo, este responderá:

– Com estes gritos, estão pedindo os jornais que os passageiros já leram.

Você se satisfaz com a resposta. Ah!... Não jogue nunca uma moeda a esses garotos e, se fizer isso, jogue a uma boa distância dos trilhos. Quando jogam a eles uma moeda, vão buscá-la debaixo dos vagões, mesmo que estejam em movimento. O céu se tornou invisível com tanta fumaça expelida pelas locomotivas. O comboio começou a andar, você olha pra frente e parece que os vagões estão andando sozinhos. A locomotiva, lá atrás, empurra os vagões. Entre os dois trilhos aparece um terceiro trilho dentado: a cremalheira. O comboio sobe, abrem-se a seus pés precipícios arrepiantes; uma janela entre dois altos cones de pedra e, lá longe, o mar, que parece estar a uma altura prodigiosa; e, entre você e a linha do mar, uma profundidade infinita, escura, tormentosa. Nesse momento, você compreende o que é viajar de avião. Lá embaixo, a paisagem tem quadriculados de fotografia aérea. O mar está cada vez mais alto; entre você e o mar há sempre um ângulo de profundidade espantosa. Você olha a cara dos passageiros: todos os que nunca viajaram nessa linha se entreolham; alguns fecharam os olhos ou se encolhem nos assentos; a noite chega, a máquina da cremalheira lança pequenos assovios de moribundo, os vagões guincham e continuamos a subir. Os cumes dos morros vão ficando lá embaixo, sucessivamente, em semicírculo; os altos cones são agora pequenos vales; o céu está azul; de repente, um raio explode em um ângulo imprevisto, uma nuvem cor de barro cobre os picos e uma catarata de água se solta lá de cima. A máquina da cremalheira bufa horrivelmente. Lá embaixo, bem lá embaixo, um trapézio de lâmpadas elétricas – vá saber a que distância! A pedra, à noite, com a explosão dos raios, tem a cor da pele do leão; a água bate nos vidros; uma curva, novamente céu azul, a tempestade ficou pra trás em um vale; no lugar onde antes estava a taciturna e alta linha do mar, aparece uma espectral reta amarelada, oblíqua: são as luzes do Rio de Janeiro.

O comboio para. Estamos no Alto da Serra. As pequenas máquinas de cremalheira são desengatadas. Um negro, todo engalanado, dá ordens. Falta meia hora para chegar a Petrópolis. O terreno é plano, agora.

Diário de quem vai viajar de aeroplano
29/5/1930

Posso ser um pé-rapado, mas tenho a perfeita noção do que significa ser jornalista, e como além de jornalista sou um homem, e como homem, sujeito à possibilidade de morte violenta, hoje, 18 de maio, domingo em Buenos Aires e "primeira feira" aqui no Brasil, começo este breve diário de um indivíduo que terá que viajar 17 horas num hidroavião.

Domingo 18

17 horas vezes 60 minutos igual a 1.020 minutos, vezes 60 segundos, 61.200 segundos... ou seja, tenho 61.200 probabilidades de chegar, contra 61.200 probabilidades de não chegar. Altura: realmente me impressiona cair lá de cima, mas tanto faz cair de cinco metros ou de mil metros, a gente bate as botas do mesmo jeito. Realmente, a lógica é batata.

Fantasia: caímos no mar. Mando um radiotelegrama a meu diretor: "Estamos fritos. Aqui tem um inglês que lê a Bíblia, uma senhora que dá pena ver e um jornalista que se sente antropófago. S.O.S."

Realidade: faltam quatro, não, três dias. Segunda, terça, quarta, quinta às seis embarcamos, ou melhor, hidroaviamos. Ah, o que é o destino!...
Experimento. Por que viajo de avião? Para comprovar se Freud tem razão. Freud diz que os sonhos contêm às vezes verdades telepáticas. Pois bem, faz 15 dias que só sonho coisas horríveis e lúgubres. Se acontecer um acidente com o avião, então Freud e os sonhos têm razão, e se não acontecer acidente nenhum, quer dizer que Freud está dizendo lorotas quando se refere ao "pressentimento" e que os sonhos nada mais são que a consequência do temor subconsciente.

Segunda-feira 19

Por que será que as coisas novas só nos interessam no primeiro dia e depois o interesse acaba? Não sei por quê, estou pressentindo que a viagem vai ser uma chatice. Hoje um senhor me contou que os aviadores da Nyrba são submetidos a um regime especial e severo, por exemplo não podem passar a noite na farra, nem frequentar botequins, nem coisas parecidas. Devem viver casta e recatadamente, ao estilo dos aprendizes de santos.

Fui ao Departamento de Polícia em busca do visto de saída no meu passaporte. No Departamento de Polícia encontrei a mesma ordem do Jardim Zoológico. Inclusive negros que vendem salgadinhos, não fora do departamento, mas lá dentro. Um contínuo e um investigador quase saem no tapa na minha presença, disputando a honra de colocar o visto no meu passaporte. Por fim o contínuo foi embora, e entramos em escritórios com cortinas que representam o escudo ou a bandeira do Brasil. Para fazer justiça ao país, a sujeira que havia ali era tropical. A cada momento me lembrava do Jardim Zoológico. Dei 5 mil réis de gorjeta ao empregado que abreviou os trâmites, e ele me acompanhou até a porta... Sua subserviência era tanta que se eu deixasse ele me acompanhava até o restaurante, pois já era hora de jantar.

Quarta-feira 21

Hoje recebi uma notícia desagradável. A saída do avião foi adiada até o dia 25. Parece que no Mar do Caribe houve uma tempestade de Deus nos acuda, e se o Diabo não se opuser no dia 26 estaremos em Buenos Aires.

Sexta-feira 23

Novo adiamento. O avião só vai sair pra Buenos Aires no dia 29. Parece que os aparelhos estão maltratados pela canseira que levaram da tempestade de Nova York até o Rio de Janeiro. É batata... quer dizer... é um "Macabeu ensopado" com certeza. Pra matar o tédio gastei 28 mil réis e comprei a *História da conquista da Nova Espanha,* de Bernal Dias de Castillo, soldado que acompanhou

Hernán Cortés e que escreveu dois volumes de 500 páginas cada um.

Curiosidade

Sonhos macabros, aviões que não podem sair devido às tempestades que atravessaram; nunca na vida tive mais curiosidade que agora: acontecerá ou não um acidente? Entendam que é uma questão puramente científica. Se não acontecer nada, os sonhos terão sido consequência da má digestão, mas se acontecer algo, que importância científica ou de "pressentimento verdadeiro" devemos dar aos sonhos? Inclusive, lembro agora que há um tempão sonhei com um amigo que morreu afogado em um acidente no rio da Prata; foi uma tragédia muito comentada. O afogado se chamava Trainor, estava junto com um rapaz de sobrenome Fabre. Não há dúvida de que ser ator de uma aventura assim não é nem um pouquinho engraçado, mas de qualquer modo resta ao presunto o lindo consolo de pensar, ao dar os últimos suspiros: "Não estava enganado, Freud tinha razão."

NOTAS

P. 22, *Eita! Vitória! Abandono a escravidão!*: referência aos primeiros versos do tango "Victoria", de Enrique Santos Discépolo, em que um homem conta sua alegria ao ser abandonado pela mulher.

PP. 14, 33, 87 e 88, 149, *Feca*: *vesre* de "café".

P. 38, *Velho Vizcacha*: personagem do livro *A volta de Martín Fierro*, segundo volume do poema narrativo iniciado com *O gaúcho Martín Fierro,* clássico da literatura argentina escrito por José Hernández (1834-1886). Vizcacha, tutor do filho do protagonista, é um velho matreiro que transmite ao menino uma série de conselhos cínicos sobre a vida.

PP. 40, 113 e 117, *Sainete:* o *sainete porteño* ou *criollo*, versão argentina de seu congênere espanhol, era uma espécie de comédia musical curta, em um ato. Gênero teatral muito popular entre 1880 e 1930, foi um dos precursores do teatro de revista.

P. 59, *Lugones*: Leopoldo Lugones (1874-1938), poeta, narrador e jornalista argentino, primeiro presidente da Sociedade Argentina de Escritores. Nas primeiras décadas do século XX, Lugones ocupou lugar de destaque no sistema literário argentino, representando o paradigma do "escrever bem" e do escritor consagrado pela elite social e cultural. Nesse sentido, pode ser visto como uma espécie de anti-Arlt.

P. 60, *Plano Young*: programa criado pelo Comitê Aliado de Reparações entre 1929 e 1930 para tentar resolver o problema das reparações de guerra impostas à Alemanha após a Primeira Guerra Mundial. O plano recebeu o nome do diplomata e industrial norte-americano Owen D. Young, presidente do Comitê.

P. 66, *Maizani*: Azucena Maizani (1902-1970), uma das primeiras cantoras profissionais de tango.

PP. 66, 195 e 208, *Nyrba*: a *New York, Rio and Buenos Aires Line* (NYRBA) foi uma empresa aérea que na década de 1920 operou linhas regulares de hidroaviões de Nova York para o Rio de Janeiro e Buenos Aires, além de localidades intermediárias da América Central e do Sul. Em 1930, foi comprada pela *Pan American World Airways* e a subsidiária brasileira foi rebatizada de *Panair do Brasil*.

PP. 70, 73, 95, 126, 163 e 171, *Grone*: *vesre* de "negro".

P. 72, *Não há guarda-noturno gritando Viva a Santa Federação*: "Viva a Santa Federação, morram os selvagens unitários" era o grito de ordem dos *federalistas*, facção política que no século XIX defendia a autonomia das diversas províncias argentinas em oposição aos *unitarios*, que defendiam a centralização. Durante a presidência de Juan Manuel de Rosas (1793-1877), um dos principais líderes federalistas, os guardas-noturnos que percorriam as ruas de Buenos Aires anunciavam as horas desde as 10 horas da noite a cada meia hora, e cada anúncio era obrigatoriamente precedido pelo grito de ordem.

P. 95, *A glória de dom Ramiro*: romance do escritor argentino Enrique Larreta (1875-1961); *Puchero*: cozido feito com carnes e vegetais, prato tradicional da Espanha e de vários países latino-americanos; *Guzmán de Alfarache*: herói do romance picaresco homônimo, de autoria do escritor espanhol Mateo Alemán (1547-1615).

P. 115, *Zola*: Émile Zola (1840-1902), escritor francês; *Spencer*: Herbert Spencer (1820-1903), naturalista e sociólogo britânico; *Reclus*: Elysée Reclus (1830-1905), geógrafo e anarquista francês; *Biblioteca Roja*: coleção de livros socialistas publicada em Barcelona; *Semper*: provável referência a Sempere & Compania, editora espanhola sediada de Valencia, que em seu catálogo apresentava numerosos livros sobre anarquismo e socialismo; *La cultura argentina*: coleção de 144 livros de autores argentinos, editada por José Ingenieros entre 1915 e 1925; *Ingenieros*: José Ingenieros (1877-1925), médico e escritor ítalo-argentino, um dos pioneiros do socialismo na Argentina.

P. 117, *Vacarezza*: Alberto Vacarezza (1886-1959), dramaturgo, letrista de tango e poeta argentino. Um dos principais expoentes do *sainete criollo* e autor de clássicos como *El conventillo de La Paloma*.

P. 122, *Troco e Retruco*: jogo de palavras entre "troco" e "truco", o jogo de cartas mais popular na Argentina.

P. 126, *Salute Garibaldi*: expressão idiomática italiana que quer dizer "está tudo terminado".

PP. 135, 197, 248 e 250, *Castelnuovo*: Elías Castelnuovo (1893-1982), poeta, ensaísta e jornalista uruguaio que viveu a maior parte de sua vida na Argentina. Um dos principais representantes do grupo literário de Boedo, cujas obras se caracterizam pela temática social e pelas ideias de esquerda.

P. 137, *Azorín*: José Augusto Trinidad Martínez Ruiz (1873-1967), mais conhecido por seu pseudônimo "Azorín", escritor e crítico literário espanhol; *São Mael e os pinguins*: referência ao romance satírico *A ilha dos pinguins* (1908), do escritor francês Anatole France (1844-1924).

P. 159, *Radical*: partidário da *Unión Cívica Radical* (UCR), partido político argentino, fundado em 1891.

P. 166, *Traçar uma cotangente de um seno sem tocar o cosseno*: trocadilho com "seno" e "seio" (em espanhol, *seno*); *Pompadour*: Jeanne-Antoinette Czernichovscki Poisson, marquesa de Pompadour (1721-1764), mais conhecida como madame de Pompadour, cortesã e amante do rei Luís XV de França; *Récamier*: Jeanne Françoise Julie Adélaïde Récamier (1777-1849), organizadora de um famoso salão literário em Paris no período napoleônico.

P. 183, *Martínez Zuviría*: Gustavo Adolfo Martínez Zuviría (1883-1962), também conhecido pelo pseudônimo Hugo Wast. Escritor e político argentino.

P. 189, *Gil Blas de Santillana*: protagonista do romance picaresco homônimo, escrito por Alain-René Lesage (1668-1747).

APÊNDICE

Argentinos na Europa

(*El Mundo*, 18/10/1928)

Não lembro bem se foi Rudyard Kipling ou Mark Twain quem disse que não há inglês que faça uma viagem às colônias e não se sinta obrigado, quando volta, a publicar um livro de memórias e aventuras com as quais aporrinha seus amigos e sua família.

Com os argentinos que vão para o estrangeiro acontece algo mais grave. É que em vez de escrever um livro que, com toda certeza, não será lido por ninguém, publicam suas impressões de viagem nos periódicos abertos a todas essas idiotices internacionais. E depois reclamam que tirem sarro deles no estrangeiro, e que olhem para eles com curiosidade, procurando a tanga de penas. Se o mínimo que mereciam era serem fuzilados pelo delito de solene estupidez.

O argentino em Roma

Comecemos pelo argentino em Roma.

Todo argentino com dinheiro se acha no direito de escrever um livro ou uma série de artigos. Isso é sintomático. Depois da grana querem a glória, e isso explica o livro de Noel e as correspondências francamente estúpidas do senhor Lagorio, poeta e vice-cônsul na Itália, ou as memórias sobre a Palestina do senhor Rohde, ou as de Carrasquilla Mallarino, tão ruins como as de Rohde, as de Lagorio e as de Manuel Gálvez.

Bom; o argentino que vai a Roma, salvo se não for inteligente, se dedica ao ofício de admirador. Esses energúmenos devem ser tão conhecidos por lá, que quando os aborígenes caem nessas terras são recebidos por uma brigada de "lazzaroni" e de cicerones, prontos para mostrar ao homem da terra dos coqueiros todas as maravilhas arqueológicas que encerra essa terra de tenores, bandolinistas e cabeleireiros.

Os selvagens ficam loucos de admiração. Começam a escrever sobre o Fórum Romano, sobre a arquitetura jônica e dórica; sobre as arquitraves e outras mil empulhações que só podem interessar a um pedreiro ou a alguém de miolo mole. E como sua admiração é tanta que não conseguem deixá-la guardada, resolvem enviá-la em forma de epístolas copiosas aos periódicos deste bendito país. E aqui publicam tudo, porque ainda há gente que acha que são lindas as ruínas do Coliseu e a evocadora Via Appia e outras bobagens arqueológicas que qualquer um sabe de cor quando tem 16 anos, e aos 20 se apressou a esquecer, por estúpidas e inúteis.

Mas os que viajam pela Europa precisam fazer saber a todos nós, argentinos que ficamos aqui, a impressão maravilhosa que lhes causou os aquedutos, e as ruínas, das quais só sobraram uns escombros com que se poderia fazer pedregulho, sem que por isso nem a arte nem a humanidade sofressem alguma perda. A essas baboseiras chamam "fazer poesia" e sei lá quantas outras incoerências mais. E o curioso é isto: todos esses sujeitos que vêm com a conversa das ruínas da Itália são uns farsantes que querem alardear que são artistas e que estiveram na Itália e nas ruínas porque isso é muito elegante. E depois reclamam que Pio Baroja os chame de selvagens e estúpidos. Falando sem rodeios, não lhes resta outro qualificativo.

O argentino em Paris

Assim como o protótipo do medíocre literário vai buscar seus motivos nas margens do Tibre ou nos escombros do Fórum, o protótipo do vagabundo filho de fazendeiros vai a Paris. A fama que estes perdulários nos deixaram por lá não é, certamente, para se gabar. A correspondência de amigos e de gente completamente à margem da malandragem e do tango nos revela que em Paris somos francamente desprezados, e que só nos consideram gente útil ao país devido aos pratos e copos que quebramos nos cabarés e à munificência com que os pagamos. Por sua vez, os escritores argentinos que vão a Paris, ou melhor, os jornalistas, só veem em Paris não sei se o que mandam os diretores de seus jornais, ou o que sua miopia transcendental os deixa espiar.

E só o que veem em Paris são os cabarés, as mulheres elegantes, os boêmios. Os mais audazes veem os valentões dos mercados que, como conhecem a estúpida confraria dos rastaqueras, confeccionam de propósito boinas emborrachadas e facas de lata.

Todas estas bobagens são cuidadosamente recolhidas por essa gente, temperadas com molho de literatura ruim, e enviadas para cá para que nós, os selvagens, nos admiremos com o que existe na Cidade Luz.

E nós temos que ficar admirados, sob pena de passarmos por brutos ou incultos. Temos que ficar admirados de que os pilantras de lá, subvencionados pelos donos dos cabarés, dancem a dança dos apaches; temos que ficar admirados com o Gato Negro e a Caverna dos Inocentes, onde filhos de fazendeiros e de ministros torram as finanças do Estado em uma alegre roda de insensatos.

E nós temos que ficar admirados de que Bubu dê uma punhalada em Mimi, ou de que Ricardo *el Negro* acabe com a raça de Nini *Piel de Perro*. Para isso somos argentinos. E por esse motivo temos que engolir a correspondência idiota dessa gente, que vê tudo que for estrangeiro com olhos de admiração indígena.

Conversando sobre isto com o amigo Marechal, este me disse:

– Que pena que Roura não tenha conseguido ir ao estrangeiro, porque sua captura nos privou de uma correspondência talvez mais interessante que a de Gálvez e Logorio!

O que não veem os jovens "escrevinhadores"

O que não veem os jovens "escrevinhadores" que nos deixam aturdidos com correspondência pseudoliterária aos borbotões é que nos países que visitam há uma maioria que vive e trabalha, que em todos os territórios por onde andam há indústrias e fábricas que nós nem suspeitamos e, com a insensatez dos esbanjadores, se forem a Roma nos falarão de quadros e ruínas, e se forem a Paris, de tango, apaches e "manteúdas". O resto, os milhões de pessoas que vivem exercendo mil ofícios diversos e passando mil tragédias diferentes, isso sim eles não veem.

E a verdade é esta: que todo argentino que vai ao estrangeiro está vivendo em sua correspondência de literatura ruim e falsa, o que é acrescentar o insulto à injúria, como dizia o papagaio que citava o picareta do Samuel Weller.

A crônica nº 231

(*El Mundo*, 31/12/1928)

Duzentas e trinta e uma crônicas escrevi até hoje, último dia do ano, neste jornal cordial e forte, com a cordialidade brindada pela juventude, fonte inesgotável de espírito novo.
Vou confessar com toda ingenuidade: estou encantado. Duzentas e trinta e uma águas-fortes! Se alguns anos atrás me dissessem que eu ia escrever tanto e por tanto tempo, não acreditaria.

Lembrando

Com o primeiro número de *El Mundo* apareceu minha primeira crônica. Quantas preocupações passaram então pela minha mente! Eu tinha confeccionado uma lista do que achava que seriam os temas que dali pra frente eu desenvolveria diariamente nesta página, e consegui reunir argumentos para 22 águas-fortes. Com que emoção me perguntava então: quando esta lista de temas se esgotar, sobre o que escreverei?
Agora contemplo novamente o jornal e leio: número 230. Amanhã será o número 231. Trabalhei, não tem

jeito, mas estou contente; contente como o avarento que depois de ter passado miséria durante o ano, inspeciona seus bens e descobre que seu sacrifício se transmutou em moedinhas de ouro.

Eu e meu diretor

Antes de falar de mim, é preciso que eu fale do diretor deste jornal; e não para puxar o saco dele, porque eu, por princípio, por costume e até por vício, jamais puxo o saco de ninguém, mas sim para que meus leitores possam apreciar o que significa um diretor desta qualidade, da qualidade que vou explicar a seguir.

Muzio Sáenz Peña me deu plena liberdade para escrever, coisa que nenhum diretor de jornal faz. Isto é tudo, e é muito para quem entende alguma coisa de jornalismo. Liberdade, liberdade para denunciar as idiotices; liberdade para atacar as injustiças; liberdade para dizer, para ser o que se é, sem restrições, sem fingimentos.

É verdade que o meu diretor pressentia que eu não falharia, mas onde encontrar um diretor assim? E num país como este, onde o jornalismo é por excelência açucarado e onde levantaram um altar ao lugar-comum, à frase rebuscada, ao blá-blá-blá da erudição barata.

Sim, é preciso fazer constar claramente isto: se pude me desenvolver com a agilidade que desejava, isso se deve exclusivamente a essa licença; a liberdade da gente ser como é, como eu sentia a necessidade de me expressar para um público que, mais tarde, me incentivou a continuar.

Cartas de leitores

Não passou um dia sem que eu recebesse cartas dos meus leitores. Cartas joviais, cartas portadoras de um espírito cordial, cartas que, logicamente, a gente lê com um inevitável sorriso de satisfação e que, de repente, revelam ao escritor a consciência de sua verdadeira força. Convencem-no de que seus esforços não são inúteis nem têm a pobre finalidade de preencher espaço, mas que, ao contrário, ele realiza um trabalho que desperta um interesse no espírito de quem o lê. Isso de saber que não estamos agindo no vazio vale muito. Talvez seja o estímulo mais poderoso.

Reprodução de crônicas

Jornais uruguaios, *El Plata* por exemplo, reproduziram minhas notas com tremenda frequência. Sei também que jornais chilenos publicam minhas águas-fortes; nas nossas províncias, acontece algo parecido. Não sou vaidoso; ao contrário. Jamais a vaidade andou perto de mim. Estas linhas não têm outro propósito além daquele que inspira um balanço do meu trabalho, com as satisfações às quais não são alheios muitos dos meus leitores que, espontaneamente, colaboraram na minha tarefa diária.

Léxico

Escrevo num "idioma" que não é propriamente o castelhano, e sim o portenho. Sigo toda uma tradição: Fray Mocho, Félix Lima, Last Reason... E é talvez por exaltar a fala do povo, ágil, pitoresca e variável, que tal tradição interessa a todas as sensibilidades. Este léxico, que eu chamo de idioma, primará na nossa literatura apesar da indignação dos puristas, a quem ninguém lê nem lerá. Não esqueçamos que as canções em "argot" parisiense de François Villon, um grande poeta que morreu enforcado por dar o clássico golpe da gravata em seus semelhantes, são eternas...

"Em consideração às coisas"

"Eu falo em consideração às coisas", escrevia o jovem poeta cubano Saint Leger, e essa é a única forma de fazer o público se interessar; a única maneira de se aproximar da alma dos homens. Falando, escrevendo, com uma consideração efetiva pelas coisas que nomeamos, que discutimos. Talvez seja o grande segredo para conquistar o estímulo da multidão.

"Viver com ela as coisas e os momentos que interessam a ela e a nós; e não fazer literatura"... Essa falsa literatura, que os escritores que chamam a si mesmos de sérios produzem para desgosto de todos os aficionados pela leitura.

Meus mestres

Meus mestres espirituais, meus mestres de humorismo, de sinceridade, de alegria verdadeira, são todos os dias Dickens – um dos maiores romancistas que a humanidade já conheceu e conhecerá –, Eça de Queiroz, Quevedo, Mateo Alemán, Dostoievsky – o Dostoievsky de *A aldeia de Stepántchikovo e seus habitantes* –, Cervantes e o próprio Anatole France. Com eles, meus amigos invisíveis, aprendi a sorrir; e isso é muito.

Satisfação

Duzentas e trinta e uma crônicas! Não perdi o ano. Espero, no final de 1929, poder escrever, nesta mesma página: "Continuo encantado com a vida. Escrevi 365 águas-fortes."

E a verdade é que estou pensando em fazer isso. E esta notícia, espero sinceramente, não estragará o Ano-Novo de ninguém.

O idioma dos argentinos
(*El Mundo*, 17/1/1930)

O senhor Monner Sans, numa entrevista concedida a um repórter de *El Mercurio*, do Chile, diz cobras e lagartos sobre nós, da seguinte forma: "Na minha pátria nota-se uma curiosa evolução. Lá, hoje ninguém defende a Academia nem sua gramática. O idioma, na Argentina, atravessa momentos críticos... A moda do 'gauchesco' passou; mas agora paira outra ameaça, está em formação o 'lunfardo', léxico de origem espúria, que se introduziu em muitas camadas sociais, mas que só encontrou cultores nos bairros excêntricos da capital argentina. Felizmente, realiza-se uma eficaz obra depuradora, na qual se acham empenhados altos valores intelectuais argentinos."

Quer deixar de lorotas? Olhe só como são vocês, os gramáticos! Quando eu cheguei ao final da sua reportagem, isto é, a essa frasezinha: "Felizmente, realiza-se uma obra depuradora na qual se acham empenhados altos valores intelectuais argentinos", caí na gargalhada, porque me lembrei que esses "valores" não são lidos nem por suas famílias, de tão chatos que são.

Posso lhe dizer outra coisa? Temos um escritor aqui – não lembro o nome – que escreve em puríssimo castelhano e para dizer que um senhor comeu um sanduíche, operação simples, agradável e nutritiva, teve que empregar todas estas palavras: "e levou à boca um pão fatiado com presunto". Não me faça rir, está bem? Esses valores, aos quais o senhor se refere, insisto: não são lidos nem por suas famílias. São senhores de colarinho duro, voz grossa, que esgrimem a gramática como uma bengala, e sua erudição como um escudo contra as belezas que adornam a terra. Senhores que escrevem livros-texto que os alunos se apressam em esquecer assim que deixam as salas de aula, nas quais são obrigados a espremer os miolos estudando a diferença que existe entre um tempo perfeito e outro mais-que-perfeito. Estes cavalheiros formam uma coleção pavorosa de "metidos" – me permite o palavrão? – que, quando se deixam retratar, para aparecer num jornal, têm o cuidado de se colocar ao lado de uma pilha de livros, para que se comprove com os próprios olhos que os livros que escreveram somam uma altura maior do que a de seus corpos.

 Querido senhor Monner Sans: a gramática se parece muito com o boxe. Eu vou explicar:

 Quando um senhor estuda boxe e não tem condições, só faz repetir os golpes ensinados pelo professor. Quando outro senhor estuda boxe, e tem condições e faz uma luta magnífica, os críticos do pugilismo exclamam: "Esse homem solta golpes 'pra todo lado'!" Ou seja, como é inteligente, foge da escolástica gramatical do boxe pela tangente. Não preciso nem dizer que este que foge da gramática do boxe, com seus golpes "pra todo lado", acaba com a raça do outro, e daí que seja tão difundida a expressão "boxe europeu ou de salão", isto é, um boxe que serve perfeitamente para exibições, mas na hora da luta não serve para absolutamente nada, ao menos diante dos nossos rapazes antigramaticalmente boxeadores.

Com os povos e o idioma, senhor Monner Sans, acontece a mesma coisa. Os povos bestas se perpetuam em seu idioma já que, não tendo ideias novas para expressar, não precisam de palavras novas ou variantes estranhas; mas, em compensação, os povos que, como o nosso, estão em uma evolução contínua, soltam palavras pra todo lado, palavras que deixam os professores indignados, como um professor de boxe europeu fica indignado com o fato inconcebível de que um garoto que boxeia mal acabe com a raça de um aluno seu que, tecnicamente, é um pugilista perfeito. Me parece lógico, isso sim, que vocês protestem. Têm direito a isso, já que ninguém lhes dá bola, já que vocês têm tão pouco discernimento pedagógico que não percebem que, no país onde vivem, não podem nos obrigar a dizer ou escrever: "levou à boca um pão fatiado com presunto", em vez de dizer: "comeu um sanduíche". Eu aposto o meu pescoço como o senhor, na sua vida cotidiana, não diz: "levou à boca um pão fatiado com presunto", mas diria, como qualquer um: "comeu um sanduíche". Não é preciso dizer que todos sabemos que um sanduíche se come com a boca, a menos que o autor da frase tenha descoberto que também se come com as orelhas.

Um povo impõe sua arte, sua indústria, seu comércio e seu idioma por prepotência. Nada mais. Veja o que acontece com os Estados Unidos. Eles nos mandam seus produtos com rótulos em inglês, e muitos termos ingleses nos são familiares. No Brasil, muitos termos argentinos (lunfardos) são populares. Por quê? Por prepotência. Por superioridade.

Last Reason, Félix Lima, Fray Mocho e outros influíram muito mais sobre nosso idioma do que todas as asneiras filológicas e gramaticais de um senhor Cejador e Frauca, Benot e toda a quadrilha empoeirada e mal-humorada de ratos de biblioteca, que só fazem remexer arquivos e escrever memórias que nem vocês mesmos, gramáticos insignes, se dão ao trabalho de ler, de tão chatas que são.

Este fenômeno nos demonstra até a saciedade o absurdo que é pretender engessar numa gramática canônica as ideias dos povos, sempre novas e em transformação. Quando um malandro que vai dar uma punhalada no peito de um comparsa diz a ele: "Vou meter a faca nas tuas costelas", está sendo muito mais eloquente do que se dissesse: "Vou alojar minha adaga no seu esterno." Quando um meliante exclama, ao ver entrar um bando de tiras: "Espiei eles na maciota!", está sendo muito mais expressivo do que se dissesse: "Examinei os homens da lei à socapa."

Senhor Monner Sans: se déssemos bola pra gramática, nossos tataravós teriam que tê-la respeitado e, em progressão retrogressiva, chegaríamos à conclusão de que, se aqueles antepassados tivessem respeitado o idioma, nós, homens do rádio e da metralhadora, falaríamos ainda o idioma das cavernas. Seu modesto servidor. Q.B.S.M.[1]

---

[1] Iniciais de *Que besa su mano* ("que beija sua mão"), fórmula arcaica usada para terminar uma carta. (N. do T.)

ROBERTO ARLT
POR ELE MESMO

Autobiografia 1

Me chamo Roberto Christophersen Arlt, e nasci em uma noite de 1900, sob a conjunção dos planetas Saturno e Mercúrio. Eu me fiz sozinho. Meus valores intelectuais são relativos, porque não tive tempo para me formar. Sempre tive que trabalhar e por consequência sou um improvisado ou intrometido da literatura. Esta improvisação é o que torna tão interessante a figura de todos os ambiciosos que de uma forma ou outra têm a necessidade instintiva de afirmar seu eu.

Acredito que a vida é linda. Só é preciso enfrentá-la com sinceridade, desfazendo-se completamente de tudo o que não nos torna melhores, mas não por amor à virtude, e sim por egoísmo, por orgulho e porque os melhores são os que produzem as melhores coisas.

Atualmente trabalho em um romance, que se chamará *Os sete loucos*, um inventário psicológico de temperamentos fortes, cruéis e entortados pelo desequilíbrio do século.

Minhas ideias políticas são simples. Acredito que os homens precisam de tiranos. O lamentável é que não existam tiranos geniais. Talvez porque para ser tirano é preciso ser político, e, para ser político, um solene burro ou um estupendo cínico.

Em literatura só leio Flaubert e Dostoievsky, e socialmente me interessa mais o convívio com canalhas e charlatães do que com pessoas decentes.

(Publicado em *Crítica Magazine*, nº 28, Buenos Aires, 28 de fevereiro de 1927.)

Autobiografia 2

Nasci em 7 de abril de 1900. Cursei a escola primária até a terceira série. Depois me expulsaram dizendo que eu era um inútil. Fui aluno da Escola de Mecânicos da Armada. Me expulsaram dizendo que eu era um inútil. Dos 15 aos 20 anos pratiquei todos os ofícios. Em todos os lugares me expulsaram dizendo que eu era um inútil.

Aos 22 anos escrevi *O brinquedo raivoso*, romance. Durante quatro anos foi recusado por todas as editoras. Depois encontrei um editor inexperiente. Atualmente estou quase terminando o romance *Os sete loucos*. Tenho editores de sobra.

Leituras atuais: Quevedo, Dickens, Dostoievsky e Proust.

Curiosidades cínicas: Me interessam, entre as mulheres desonestas, as virgens, e, na confraria dos canalhas, os charlatães, os hipócritas e os homens honrados.

Certezas dolorosas: Acredito que jamais serão superados o feroz servilismo e a inexorável crueldade dos homens deste século.

Acredito que nos coube a terrível missão de assistir ao crepúsculo da piedade, e que não nos resta outro remédio senão escrever sem pena alguma, para não sair pela rua jogando bombas ou instalando prostíbulos. Mas este último gesto as pessoas nos agradeceriam mais.

O homem em geral me dá nojo, e minha única virtude é acreditar no meu possível valor literário só cinco minutos por dia.

(Publicado em *Cuentistas Argentinos de Hoy (1921-1928)*, editado por Guillermo Miranda Klix e Álvaro Yunque. Buenos Aires: Claridad, 1929.)

Autobiografia 3

Filiação: idade, 31 anos, altura, 1,73m. Cabelo castanho. Olhos negros. Sabe ler e escrever.

Sinais particulares: alguns erros de ortografia.

Obra realizada: 3 romances, 20 volumes de impressões portenhas no jornal *El Mundo*. Prêmio Municipal.

Instrução: terceira série da escola primária.

Ofícios: vários.

Filiação psíquica: humor instável.

Necessidades: reduzidíssimas.

Ideais: nenhum.

Convicções: nenhuma.

Coisas que lhe interessam: os homens quando têm história, as mulheres quando se deixam ser lidas, os livros quando são bem escritos.

Defeitos: vaidoso como todos os escritores. Suscetível, desconfiado, às vezes injusto. Egoísta.

Virtudes: sinceridade absoluta. Fé em si mesmo. Aceitação tranquila de todos os fracassos e desilusões. Vontade exercitada.

Possibilidades: se trabalhar com assiduidade e não se deixar levar pelo sucesso fácil, será um escritor de considerável alcance social.

Opiniões externas: segundo alguns, um cínico; para outros, um amargo; e para mim mesmo, um indivíduo a caminho da serenidade interior definitiva.

(Publicado em *Mundo Argentino*, Buenos Aires, 26 de agosto de 1931.)

ENTREVISTA COM ROBERTO ARLT

"Roberto Arlt é a figura mais inquietante do momento literário", nos disse Mariani. E lá fomos. Um sobrado, um quarto de escritor, é modesto o homem. Tanto é, que queria se esconder todo atrás de seus óculos escuros.

Forçado por nossos propósitos a falar dos intelectuais do país, nos responde:

– Mas isso é obrigar a gente a falar mal de todo mundo, senhor!

Depois acrescenta, sorridente:

– Se entendemos por cultura uma psicologia nacional e uniforme criada pela assimilação de conhecimentos estrangeiros e acompanhada de características próprias, esta cultura não existe na Argentina. Aqui só o que temos é um conhecimento superficial de livros estrangeiros. E nos autores uma força vaga, que não sabe em que direção se expandir.

Nos oferece um cigarro, que não aceitamos.

– Por conseguinte – prossegue –, não há uma cultura nacional. E as obras que chamamos de nacionais, como o *Martín Fierro*, só podem interessar a um analfabeto.

Nenhum sujeito sensato poderá se deleitar com essa versejadura, paródia de versinhos de cego, que parece que deixou enternecidos os corifeus da nova sensibilidade. Embute as mãos no bolso do sobretudo, depois se senta e se levanta, alternadamente.

– Por outro lado – continua –, os países que mais ativamente intervêm na nossa formação intelectual são, sem dúvida alguma, Espanha, França e Rússia.

As literaturas inglesa e alemã não encontraram tradutores nem editores interessados. Daí que praticamente desconheçamos um dos filões mais importantes de cultura, que elevou a civilização desses povos.

Poderíamos então dividir os escritores argentinos em três categorias: espanholizantes, afrancesados e russófilos. Entre os primeiros encontramos Banchs, Capdevila, Bernárdez, Borges; entre os afrancesados, Lugones, Obligado, Güiraldes, Córdova Iturburu, Nalé Roxlo, Lazcano Tegui, Mallea, Mariani nas suas tendências atuais; e entre os russófilos, Castelnuovo, Eichelbaum, eu, Barletta, Eandi, Enrique González Tuñón e, em geral, quase todos os indivíduos do grupo chamado de Boedo.

– Algo mais sobre nossos autores...?

– Gosto de certos poemas de Lugones, Obligado, Córdova, Rega Molina, Olivari, embora não estranharia, por exemplo, se Lugones saísse um dia escrevendo um romance sobre os cortiços, de tão intimamente desorientado que está este homem, que dispõe de um instrumental verbal muito bom e de uns temas tão bestas.

Rojas, acho que só pode interessar às ratazanas de biblioteca e aos estudantes de filosofia e letras. Gosto muito de Lynch e Quiroga. Este último conhece literatura inglesa e, pelos seus temas, poderia ser filiado a Kipling e Jack London. Mas isso não impede que, com sua barba, seja uma figura respeitável... Gálvez? Não sei para onde está indo! Me dá a sensação de ser um escritor que não sabe sobre o que escrever. Começou querendo ser um Tolstoi e acho que terminará um vulgar marquês de la Capránica fazendo romanções históricos. Francamente, acho que Gálvez já não tem nada a dizer.

Larreta! Um senhor de boa sociedade, com dinheiro, que demora a escrever um romance medíocre, *Zogoibi*, o que outra pessoa demoraria para escrever um bom romance. Não acho que seu único livro, *La gloria de don Ramiro*, autorize este senhor a festejar a si mesmo por toda parte, como se fosse um gênio. Na realidade, Larreta é inferior a Manzoni e, talvez literariamente, um dos escritores mais profundos que temos.

Hugo Wast se explica, porque temos 14 províncias e estas 14 províncias são habitadas por uma colônia católica lacrimosa e insossa. Seu público é de professoras sentimentaloides.

Todos estes prosadores seriam na Espanha, França e Itália escritores de quinta categoria. Faltam a eles "métier", inquietações, sensibilidade e todos os fatores nervosos necessários para despertar o interesse das pessoas.

Tais cavalheiros, salvo Quiroga e Lynch, o que poderiam fazer era largar a pena. E a cultura nacional não perderia nada.

Quase não nos animamos a perguntar quem seria, em sua avaliação, a personalidade mais completa.

– Em nosso país não existe esse espírito! – responde Arlt. – Candidatos aqui, na Argentina, seríamos vários. Mas é preciso trabalhar, e quem vai dar as cartas ainda não revelou seu jogo... Esperanças!

– E os que mais se aproximam?

– Vejam: como contista, Quiroga; como romancista, Larreta; poeta, Lugones; ensaísta, Rojas. Tudo isto aqui, na Argentina, entendam bem! E no momento atual.

– Recebemos do passado algo digno de consideração?

– O tempo não nos legou nada. Só material para interessar a um erudito alemão.

– Do presente, ficará alguma coisa?

– Güiraldes com seu *Don Segundo Sombra*; Larreta com *La gloria de don Ramiro*; Castelnuovo com *Tinieblas*; eu com *O brinquedo raivoso*; Mallea com *Cuentos para una inglesa desesperada*. Destes livros, algo vai ficar. O resto afunda.

"Escritores que têm mais fama do que merecem?" – parafraseia a interrogação nosso entrevistado. – Larreta, Ortiz Echagüe, que não é escritor nem nada; Cancela, que se acha o máximo porque publica no suplemento literário do *La Nación*; Borges, que ainda não tem obra.

Há outros escritores que mereceriam ser odiados por nossa juventude, e um destes é Lugones.

Há outros com os quais não vou com a cara de graça, a saber: Fernández Moreno, que além do mais não é poeta; Samuel Glusberg, que é o mais empedernido "lacaio" de Lugones; e Capdevila, que é um acomodado.
Discutimos um pouco sobre os jovens.

– Das novas tendências que estão agrupadas sob o nome de Florida – diz Arlt –, me interessam estes escritores: Amado Villar, que acho que traz dentro de si um poeta refinado, Bernárdez, Mallea, Mastronardi, Olivari e Alberto Pinetta. Esta gente, por tudo o que fez até agora, com exceção de Mallea e Villar, não sabemos aonde vão nem o que querem.

Os livros mais interessantes desse grupo são *Cuentos para una inglesa desesperada*, *Tierra amanecida*, *La musa de la mala pata* y *Miseria de 5ª edición*. De Bernárdez poderia citar alguns poemas e de Borges uns ensaios.

No grupo chamado de Boedo encontramos Castelnuovo, Mariani, Eandi, eu e Barletta. A característica deste grupo seria seu interesse pelo sofrimento humano, seu desprezo pela arte fútil, a honradez com que realizou o que estava ao alcance de sua mão e a inquietação que se encontra em algumas páginas destes autores e que os salvará do esquecimento.

Quando as novas gerações vierem e puderem ler algo de tudo que se escreveu nestes anos, dirão: "Como esses tipos fizeram para não se deixarem contagiar por essa onda de modernismo que reinava em todo lado?"

Entenderia como escritores desorientados – acrescenta – aqueles que têm uma ferramenta para trabalhar, mas que ainda não desenvolveram suas habilidades.

Estes são Bernárdez, Borges, Mariani, Córdova Iturburu, Raúl González Tuñón, Pondal Ríos. Esta desorientação eu atribuiria à falta de dois elementos importantes. A falta de um problema religioso e social coordenado nestes homens. Provas? Mariani é um escritor em *Los cuentos de la oficina* e outro tipo de escritor em *El amor agresivo* e finalmente muito diferente nos contos que publicou ultimamente no *La Nación*.

A mesma coisa para Raúl González Tuñón. *El violín del diablo* parece obra de um escritor diferente do autor de *Miércoles de Ceniza*.

Borges perdeu tanto o tino que agora está escrevendo... um *sainete*. Imaginem como isso vai sair!

Se me perguntarem por que isso acontece, eu responderia que atribuo isso ao fato destes homens terem inquietações intelectuais e estéticas, e não espirituais e instintivas.

Esta gente, com exceção de Mariani, não acha que a arte tenha nada a ver com os problemas sociais, nem com os problemas religiosos. E então trabalha com poucos elementos, frios e derivados de outras literaturas decadentistas.

Arlt faz uma graciosa reverência.

– Qual é minha opinião sobre mim mesmo? Que sou um indivíduo inquieto e angustiado por este problema permanente: de que modo o homem deve viver para ser feliz, ou melhor, de que modo eu deveria viver para ser completamente feliz.

Como não dá para fazer da vida um laboratório de testes, por falta de tempo, dinheiro e cultura, dos meus desejos faço brotar personagens imaginários, que me dedico a romancear. Ao romancear estes personagens compreendo se eu, Roberto Arlt, vivendo do modo A, B ou C, seria feliz ou não. Para realizar isto não sigo nenhuma técnica, nem ela me interessa.

Mariani, meu bom amigo, me aconselhou sempre o uso de um plano, mas quando tentei fazer isso comprovei que, meia hora depois, já tinha me afastado completamente do que havia projetado. Só o que sei é que o personagem se forma no subconsciente da gente como a criança no ventre de uma mulher. Que este personagem tem às vezes interesses contrários ao plano do romance, que realiza atos tão estapafúrdios que a gente se assombra de ter dentro de si tais fantasmas. Em resumo, este trabalho de escrever romances, sonhar e andar cismando com fantoches interiores é muito divertido e sedutor.

– A que público de homens e mulheres você se dirige?

– Ao que tenha os mesmos problemas que eu. Ou seja: de que modo é possível viver feliz, dentro ou fora da lei.

– Interessa-lhe um número amplo, ou reduzido e seleto?

– Isso é secundário. Nem muitos nem poucos leitores me tornarão melhor ou pior do que sou.

Ao batermos em retirada, Arlt nos presenteia com este discurso:

– Tenho uma fé inquebrantável no meu futuro de escritor. Me comparei com quase todos que estão em volta e vi que toda esta gente boa tinha preocupações estéticas ou humanas, mas não com si mesmos, e sim com os outros. Esta espécie de generosidade é fatal para o escritor, do mesmo jeito que seria fatal a um homem que quisesse fazer fortuna, ser tão honrado com os bens dos outros como com os seus. Acho que nisto levo vantagem sobre todos. Sou um perfeito egoísta. Não dou a mínima pra felicidade do homem e da humanidade. Mas em compensação o problema da minha felicidade me interessa tão enormemente que, sempre que lançar um romance, os outros, mesmo que não queiram, terão que se interessar pelo jeito como meus personagens – que são pedaços de mim mesmo – resolvem seus problemas.

Aqui os escritores vivem mais ou menos felizes. Ninguém tem problemas, a não ser bobagens como se devem rimar ou não. Definitivamente, todos vivem uma existência tão morna que um sujeito que tenha problemas acaba por dizer a si mesmo: "A Argentina é um paraíso. O primeiro que fizer um pouco de psicologia e coisas estranhas mete esse pessoal no bolso."

(Publicado em *La Literatura Argentina,* nº 12, agosto de 1929).

Este livro foi impresso na Intergraf Ind Gráfica Ltda,
R. André Rosa Coppini, 90 - S. Bernardo - SP
para a Editora Rocco Ltda.